아싸지몽

아싸지몽

펴 낸 날　2024년 1월 8일

지 은 이　이철우
펴 낸 이　이기성
기획편집　이지희, 윤가영, 서해주
표지디자인　이지희
책임마케팅　강보현, 김성욱
펴 낸 곳　도서출판 생각나눔
출판등록　제 2018-000288호
주　　소　경기 고양시 덕양구 청초로 66, 덕은리버워크 B동 1708호, 1709호
전　　화　02-325-5100
팩　　스　02-325-5101
홈페이지　www.생각나눔.kr
이 메 일　bookmain@think-book.com

• 책값은 표지 뒷면에 표기되어있습니다.
　ISBN 979-11-7048-647-3(03810)

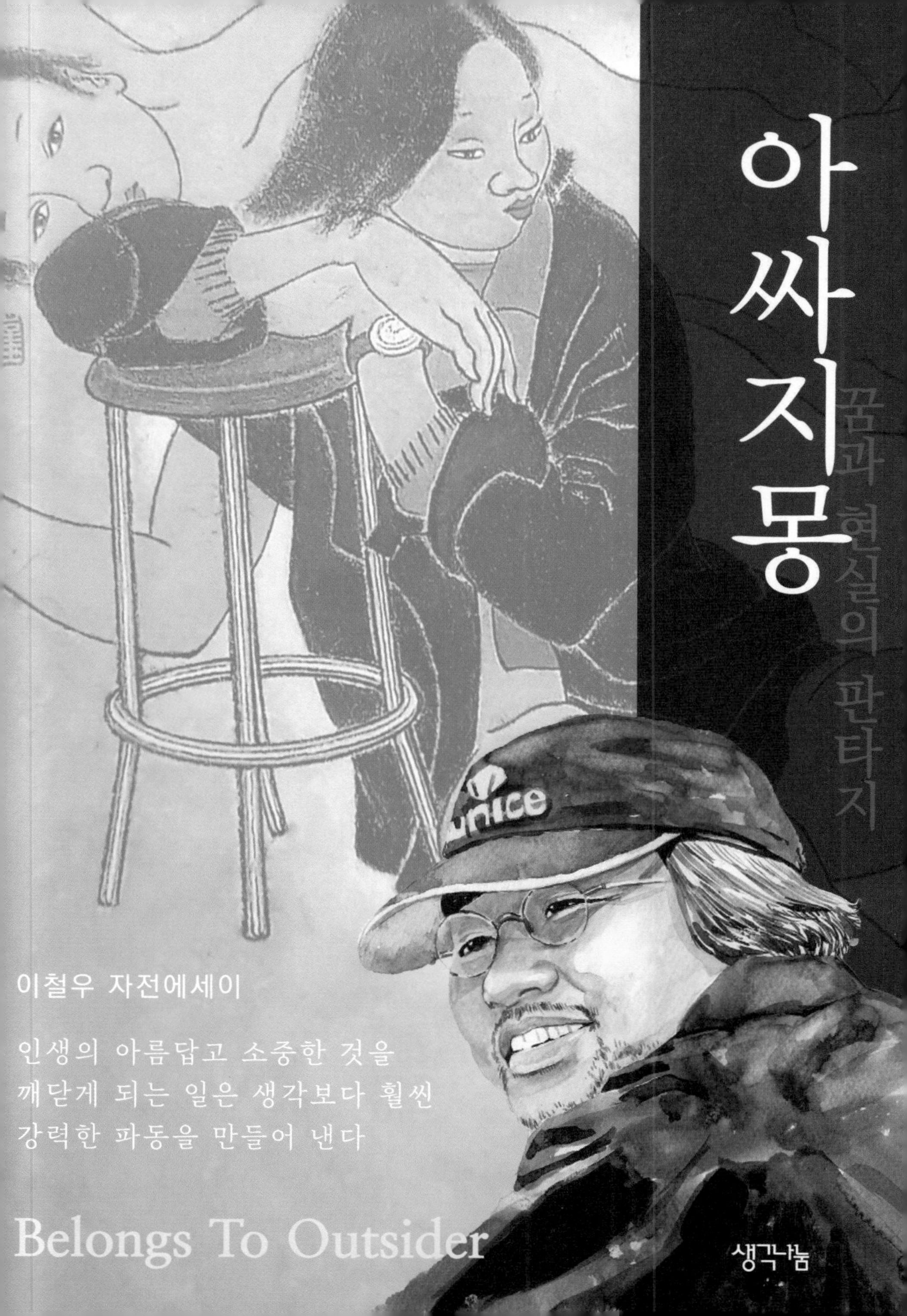

아싸지몽

꿈과 현실의 판타지

이철우 자전에세이

인생의 아름답고 소중한 것을
깨닫게 되는 일은 생각보다 훨씬
강력한 파동을 만들어 낸다

Belongs To Outsider

생각나눔

벽, 몽, 낙낙한 인생

내 인생에서의 '몽'은 항상 붙어있다. 인생의 전반기는 줄곧 어리석은 '몽(蒙)' 속에 머물렀고, 이제 인생 후반에는 꿈꾸는 '몽(夢)'으로 살고 있다.

주역의 괘 '산수몽(山水蒙)'을 타고난 팔자라서 일찍이 산수몽의 키워드인 '어리석음[蒙]'으로 무지몽매하게 진로 변경 없이 한곳에 안주하였다. 오랫동안 긍정적으로 살아온 나는, 초반 적응에 애를 먹었으나 고단한 가운데도 꿋꿋하게 살다 보니 어느 순간 마침내 긴 마라톤을 완주하고 목표를 달성, 화려하게 '금선탈각(金蟬脫殼)'하는 환희와 행복을 누릴 수 있었다. 그리고 다시 새로운 트랙 앞에 섰다.

몽에 하나를 더하자면 벽(癖)을 들 수 있을 듯하다.
우주여행을 떠나는 이즈음에도 시간을 거슬러 올라가 양반놀음을 꿈꾸는 기벽(奇癖), 오래전부터 고전에 심취해 인생의 답을 구하고 삶의 동력을 찾은 서벽(書癖)은 몽매함을 벗어나게 하는 내 삶의 빛이었다. 거기에 나만의 미학을 구현할 수 있었던 수집벽(蒐集癖)은 양평에서 소요유의 삶을 가능케 했다.

단어 몇 개로 정리될 만큼 간단한 인생은 아니지만, 그 몇 단어가 줄곧 내 삶을 관통해 온 것만은 사실이다.

몽이 되었건, 벽이 되었건, 즐거움[樂]을 놓지 않으려는 심정의 발로이니 넉넉한 마음으로 낙낙(樂樂)하게 살다 보면 굳이 이상향을 멀리서 찾을 필요가 있을까.

contents

제2장 서벽(書癖), 진리

제3장 수집벽(蒐集癖), 미학

제1장

기벽(奇癖), 춘몽

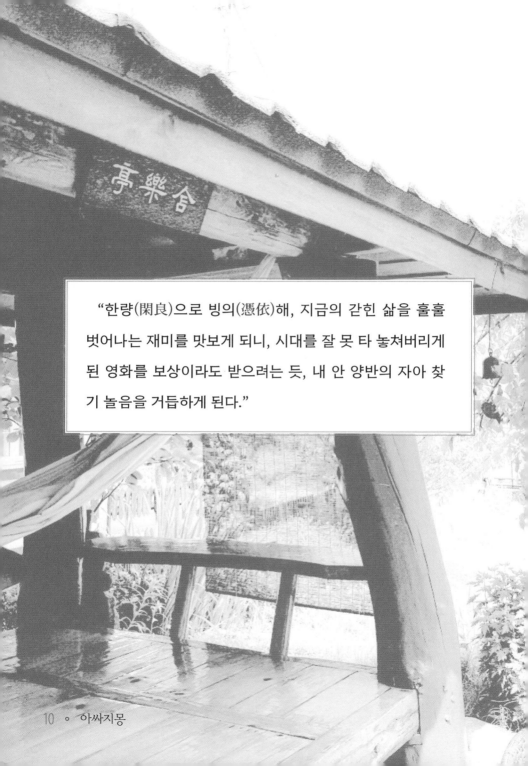

"한량(閑良)으로 빙의(憑依)해, 지금의 갇힌 삶을 훌훌 벗어나는 재미를 맛보게 되니, 시대를 잘 못 타 놓쳐버리게 된 영화를 보상이라도 받으려는 듯, 내 안 양반의 자아 찾기 놀음을 거듭하게 된다."

춘 몽

함악정 뜨락은 여름이 한창이다. 두고두고 즐거운[樂] 곳이 되길 바라며 이름 붙인 정자, 함악정은 글자가 품은 뜻 그대로 내게는 언제나 최고의 장소이다.

여름의 절정을 향해 치닫던 즈음, 시원한 콩국수 한 그 릇으로 이른 점심을 해결하고 한차례 달콤한 낮잠이라도 즐길 겸 정자에 기대앉자, 포만감과 나른함이 동시에 밀려 온다. 오늘도 딱히 급할 것도 없고, 꼭 해야 할 일이 있는 것도 아닌 그저 한가로운 날 중 하루다.

정갈하게 단장한 뜨락 한켠, 흐드러진 능소화가 오늘따 라 유난히 곱다. 짙어진 초록을 배경으로 둘러선 능소화에 무심코 시선을 빼앗기길 잠시, 식후 한낮의 나른함이 엄습 해 온다. 흐려지는 초점을 놓치지 않으려 애써보지만, 의지 가 무색하게 자꾸만 시야가 흐려진다. 동시에 주변을 밝히 던 해사한 빛도 점차 옅어지며 어지럽게 사위가 흔들린다.

'끄응, 비가 오시려나.' 한바탕 소나기라도 쏟아부을 듯

갑작스러운 일기 변화에 문득 기시감이 들며 흡사 접신이라도 하듯 부르르 몸을 떤다.

*

… 산세 빼어나고 물 맑은 정자에 풍악 소리 가득하고 한바탕 흐드러진 향연이 한창이다. 탐스럽게 가체(加髢)를 틀어 올린 탄탄하고 날렵한 기녀(妓女)를 한 발치 떨어져 부채로 가린 채 곁눈질하며 훔쳐보는 방외인, 애써 아닌 척 점잔을 빼지만 탐욕스러운 눈빛만은 감출 수 없다.

짧은 저고리 앞섶이 부푼 앞가슴을 겨우 감싸, 보일 듯 말 듯 위태롭고 가녀린 어깨와 긴 팔의 고운 선이 그대로 드러나 더없이 우아하다. 과장 되게 부풀린 치마 밑으로 사뿐 내딛는 오이씨 버선발이 앙증맞기 그지없다.

겨드랑이에서 흘러내린 치마끈은 옷고름과 함께 옷매무새를 가다듬지 못한 양, 위태롭기만 하고, 홍조 띤 앳된 얼굴은 어찌나 고운지 천궁의 선녀들도 무색할 지경이다. 채 앙다물지 못한 도톰한 입술은 열기를 가득 담은 채 터질 듯 붉다. 재능 또한 발군이라 신명 난 한판 춤사위를 보고 있노라니 탄식이 절로 나온다.

누가 대대로 내려오는 명문대가의 후손이 아니랄까 봐 점잔을 빼던 것도 잠시, 자신도 모르게 한껏 무르익은 분위기에 빠져드는 방외인. 연신 곰방대를 뻑뻑 빨아대며 에헴! 에헴! 헛기침하며 거들먹거리는 꼴이 가관이다.

아양 떨며 반색하는 기녀의 그윽한 눈빛과 교감한다. 고혹적인 관능미(官能美)가 물씬 풍긴다. 희롱하듯 흔들어 놓는 은근한 작태(作態)에 정신이 다 혼미해질 지경이다. 대장부를 뇌쇄(惱殺)시키기에 모자람이 없다.

엉큼한 생각이 발동하여 얼굴은 이미 벌겋게 달아올랐으나 노골적인 심사를 조금이라도 감춰볼 요량으로 의연한 척 머뭇거리며 멋쩍게 입맛을 다시자, 이를 알아차린 기녀는 능숙한 솜씨로 살포시 손을 잡아끈다.

무희의 이름은 가희(佳姬). 그녀가 건네준 술을 받아 마시니 "카~아!" 소리가 절로 나온다. 역시 술 따르는 기녀의 잔이라서 그런지 술맛이 제법 좋다. 창백한 얼굴에 자연스레 장밋빛 혈색이 돌아 불쑥 치밀어 오르는 욕정을 가누지 못하고 정신이 혼미해진다. 이내 불꽃의 유혹에 빨려드는 부나방처럼 여인의 치마폭에 흠뻑 빠져든다.

조선 시대 양반 가문의 덕망과는 달리 축첩을 해야 행

세 꽤나 한다고 소문 나는, 모순되고 이중적 풍속은 이미 새삼스러울 것이 없다. 앞에서는 점잔을 빼며 체통을 고수하는 척 행동하지만, 뒤로는 할 짓 다하는, 겉 다르고 속 다른 행태는 때와 장소를 가리지 않는다.

가풍과 풍류를 즐긴다는 맥락에서 보면 틀림없이 당대를 주도했던 양반가들이 주사청루(酒肆靑樓, 술집이나 기생집 매음굴 따위를 통틀어 이르는 말)에 빠져, 야매(野昧, 촌스럽고 어리석음)한 한량의 기질을 유감없이 발휘하다 못해 더욱 심화시키는 꼴이니 부러 조심하거나 흉이 될까 노심초사하는 기색 없이 사뭇 노골적이다.

방외인 또한 이러한 시류에서 크게 벗어나지 못했으니, 사실 겉으로는 이씨 왕족의 혈통을 나눠 가진 명문대가의 맥을 이었다고는 하나, 내용을 들여다보면 그저 손발 묶인 한량에 지나지 않았다. 왕가와 같은 혈통을 지녔다는 사실은 행운이자 동시에 족쇄나 다름없었기 때문이다. 무언가를 해서도 안 되고 할 수도 없는 처지였다. 설렁설렁 속없는 한량 짓이나 할 밖에.

'번연히 알면서 새 바지에 똥 싼다'고 멀쩡한 허우대로 허랑방탕하기 짝이 없는 집안의 골칫거리가 방외인의 현주소다. 주색잡기에 눈이 멀어 미련할 지경으로 우매하니 글공부는 아예 흥미를 잃어 안중에 없으며, 다른 일에도 도무지 신경 쓸 겨를 없이 허송세월로 하루하루를 보내기 바빴다.

그래도 행색은 양반이랍시고 하고많은 날 빈둥대며 호통치고 거들먹거리는가 하면, 경치 좋은 정자에서 자기만의 세계에 빠져 덤벙대며 허랑방탕 신선놀음에 시간 가는 줄 몰랐다. 말은 안하무인 번지르르 하지만 혼자 해결하는 것 하나 없이 허세만 가득하니 그야말로 폼생폼사가 따로 없었다.

행실 또한 단정치 못하고 무지몽매하게 어깃장을 놓는가 하면, 피가 되고 살이 되는 말은 귓등으로 흘리고 제 잘난 맛에 꼴값 떠는 어지간히 되바라진 사고뭉치였다. '선무당이 사람 잡는다'고 어설픈 양반의 위용만 흉내 내기 급급해 아무짝에도 쓸모없는 사람으로 전락한 지 이미 오래다.

지체 높은 양반의 체통은 아랑곳하지 않은 채 선경(仙境)에 빠진 양 색심(色心)을 좇아 탐하며 주접떠는 모양새 또한 가관이다. 여색을 탐해 눈에는 항상 핏발이 돌아 행실을 어지럽게 가지며, 낮 뜨거운 운우지락(雲雨之樂)에 빠져 신선놀음에 도낏자루 썩는 줄 몰랐다.

갖가지 음식을 고루 맛보고자 하는 식도락을 닮은 것일까. 호색행각은 제아무리 최고의 미인이 앞에 있어도 한 곳에 정착하지 못하고 부표처럼 떠도는 꼴이 갈수록 점입가경(漸入佳境), 뒤틀린 행태가 적나라하기 그지없다. 그렇게 기녀를 끼고 흥타령을 하며 노닥거리는 동안은 말 그대로 목불인견(目不忍見)이었다.

이렇듯 꽃을 찾아 이리저리 떠도는 나비처럼 좀처럼 가시지 않는 방외인의 여인편력은 멈출 줄 모르니, 근자에 들어 혼을 빼앗긴 여인이 바로 장안에서도 절세가인으로 뜨르르하게 소문 난 가희였다.

오늘도 참새 방앗간 드나들 듯, 가희를 찾아 한바탕 밀고 당기기를 거듭한다. 불콰하게 오른 술기운에 가희의 농염함이 더해 분위기가 무르익을수록 불에 기름 붓듯 열기를 주체할 수 없다. 적잖이 노골적인 분위기에 둘 사이는 더욱 밀착되고 덩달아 농염의 수위도 높아진다. 가희의 옷고름이 풀린 틈으로 보일 듯 말 듯 깊은 굴곡이 드러나 아찔하다.

"끄응." 내뱉는 외마디 신음에 숨을 몰아쉬며 와락 가희를 부둥켜안자 분위기는 점점 달아오른다. 흥분의 도가니 속으로 자지러지게, 삽시간의 황홀한 느낌 그대로 매끄럽고 보드라운 살성과 육감적인 능선…. 뜨거운 무언가가 요동치며 가슴이 벅차오른다.

어느덧 농밀(濃密)하게 익어 격정의 소용돌이에 심장이 멈출 듯 황홀경의 극치에 다다르는가 싶었는데 기대와 달리, 허무하게도 맥없이 나둥그러지며 짜릿하고 달콤한 세상으로의 여행이 멈춰버리고 마는 것이 아닌가.

어찌 된 일인가. 순식간에 일렁이며 뻗쳤던 봄꽃 터지는 울음의 야릇함에 얼룩진 기대와 환상이 깨지고 만다. 마치 마술쇼가 절정을 향해 치닫기 직전, 싱겁게 중단된 것처럼 눈앞에 펼쳐졌던 황홀경은 일시 풍미하다 사라져 버린다.

하필이면 이때 빙의가 풀려버리다니….

＊

순간 움찔 소름이 끼칠 정도로 싸한 한기가 엄습해 온다. 머리가 어지럽고 통음(痛飮, 지나치게 많이 마심)한 것처럼 무겁고 아프다. 욕망의 갈증이 해갈되지 않은 채, 황당하게도 순식간에 끝나버려 여운만 가득 남은 황홀경의 뒷맛은 쓸쓸하기만 하다.

시나브로 취한 것 같기도 하고 꿈을 꾼 것 같기도 한 몽롱한 상태에서 깨어나 허망하고 공허한 가슴을 쓸어내리자니 식어버린 현실의 쓸쓸한 그림자가 드리워져 까닭 모를 덧없음에 탄식이 절로 새어 나온다.

여인의 향내를 느끼며 느긋이 즐거움을 함께 나누지 못한 게 아깝고 허탈하기만 하다. 음양이 진퇴하고 길흉이 함께하는 이치를 깊이 마음속으로 생각하며 쓸쓸하게도 "풀끝의 이슬"이란 말이 떠오른다. 한때의 백일몽(白日夢)이란 말인가.

최면이 덜 풀린 듯 몽롱한 상태에서 물끄러미 함악정 아래, 뜰을 내려다본다. 휘청거리며 졸고 있는 고목에 매달려 넘실넘실 타고 오르며 흐드러지게 핀 능소화가 다시 눈에 들어온다. 슬픈 전설을 간직한 관능의 아름다움은 고혹적이다 못해 한이 담긴 듯 애잔하다.

주로 양반집에 심어져 양반꽃으로도 불리는 능소화는 잠시의 시간여행 속 가희를 떠오르게 한다. 능소화라는 이름은 복숭앗빛 감도는 뺨에 자태가 고운 소화라는 궁녀가 임금의 성은을 입고 다른 궁녀들로부터의 시샘과 음모를 받아 하염없이 님을 기다리다 지쳐 죽었다는 데서 붙여졌다고 한다. 구중궁궐의 소화를 생각하니, 환상과 시공을 넘나들며 빠져들었던 한량 빙의가 슬그머니 겹쳐진다.

한동안의 한량 빙의가 깨지고 정신을 차리니 은밀한 황음(荒淫)의 경지를 즐기는 쾌락도 무상하다는 것을 어렴풋이 깨닫는다. 헛되고 덧없는 꿈처럼 우리 인생은 꿈이요, 허깨비요 물거품이다. 부싯돌의 불빛 같은 찰나로 끊임없이 생성하고 소멸하는 삼라만상의 위용 앞에서 인간사 고민이 얼마나 사소하고 하찮은지 새삼 깨닫게 된다.

이 모두가 한 편의 꿈에 불과하다고 생각하니 허무할 뿐이다. 한낮의 신기루 같은 허상이었음을 깨닫게 되니 '화무십일홍'이 따로 없다. 어차피 인생은 일장춘몽이 아닌가 하는 위로 아닌 위로가 머릿속을 맴돈다.

*

햇볕이 뜨겁게 내리쬐는 한여름 오후, 망중한을 즐기는 무드리(양평 물도리의 옛 이름)에서의 한나절은 뜨거운 날

씨에 비해 몹시 무료하다. 뙤약볕 아래서의 소일거리도 잠시, 어김없이 '함악정(含樂亭: 소산 선생이 長樂하라고 지어준 정자의 이름)'에 걸터앉아 연거푸 하품하다가 이내 졸기 시작했는데, 환각에 빠진 양 자기최면에 빠져 어느덧 버릇처럼 상상 속 옛날 양반네 세상을 다녀온 것이다.

꿈인지 생시인지, 얼토당토않은 이런 류의 현상이 요즘 내게 자주 일어난다.

헛것이 보이는 한량 빙의를 통해 시대를 뛰어넘어 오랫동안 상상해 왔던 대로 옛 양반들의 호시절로 회귀하여 그들의 삶을 뒤쫓는다. 시대를 넘어 양반가의 부잣집 자식으로 태어나 평생 한량으로 살아가는 숱한 상상 속 이야기는 시시때때로 흥분 속으로 나를 밀어 넣는다.

처음엔 습관처럼 반복되는 빙의를 통해 꿈속에서 옛 세상을 엿보고만 올 생각이었는데 나의 심약한 몸에 붙은 한량이 잘 떨어지지 않아 방외인으로 현신, 지체 높은 양반의 체통도 아랑곳하지 않은 채 선경(仙境)에 빠져 색심(色心)을 쫓아 탐하게 되었다.

비록 출발은 장자의 장주지몽에서 비롯되었으나 장주지몽의 내용과는 무관하게, 체면 불고하고 여색을 탐하는 한량놀음을 소환해 늦게 배운 도둑질에 날 새는 줄 모르고 빠져들기 일쑤다.

그 혼에 자신을 비추어 안식을 구할 수 있다는 생각에 틈만 나면 전격 양반의 탈을 쓴 한량에 몰입, 방탕한 탕아로서 군데군데 끼워둔 정취를 서정적으로 들춰보는 도피행각을 반복하고 있다.

환상여행에서는 늘 연정에 굶주려 이리저리 방황하며 부초(浮草)처럼 떠다니는 나 자신, 방외인을 발견한다. 환상과 현실이 뒤죽박죽 헷갈리기도 하고 실제와 상상이 섞이기도 한다. 심한 갈증에 몹시 목말라 갈피를 못 잡던 차에 그토록 향락을 꿈꾸며 동경하던 양반의 혼이 덮친 세상을 탐닉하게 된 탓이다.

우연한 경험이 어느새 일상의 자극이 되어 망중한을 즐기는 꼴이 되었으니, 난감하지만 떨쳐버리기 싫은 짜릿한 자극이 된다. 그러다 보니 상상은 즐거움으로, 즐거움은 쾌락으로, 쾌락은 중독으로 치닫게 된다. 현실에서는 누구보다 순정남을 자처하는 내가 한량이 되어 흐드러진 삶의 주인공이 되었다 현실로 돌아오는 시간여행에서는, 평소 내 성정이라면 꿈도 꾸지 못할 일들을 버젓이 행하기도 한다.

이렇듯 생소하지만 짜릿한 경험을 하면서 원인에 대해 곰곰 생각해 보니 짐작 가는 데가 있다. 명분과 전통을 중시하던 양반들의 세상으로 돌아가 한 번쯤은 특별한 대접을 받고 싶었는지도 모르겠다. 이성적으로는 현대판 백수인데, 감정적으로는 조선 시대 한량에 대한 로망의 발현이 아닐까 생각게 된다. 나의 이성과 감정이 백수와 한량 사이 어디쯤에서 접점을 찾을 수 있을지 궁금하다.

잠깐의 환영은 헛된 영화의 덧없음을 깨우쳐주기에 충분하다. '꿀노잼' 한량 캐릭터로 완벽하게 코스프레하고 나니 늘어지고 축 처져있던 마음에 생기가 번진다. 마치 시원한 동치미 한 사발을 들이켠 것처럼 머리가 맑아지고 답답했던 가슴이 후련해진다. 신선한 충격과 감동으로 멋진 사색을 할 수 있도록 상상의 나래를 키우는 것도 나쁘지만은 않을 듯하다. 명품 인생이 별거인가? 좌우지간 양반 체통의 품격을 갖추고 사알짝 미치면 인생이 즐겁다.

잠시의 춘몽으로 카타르시스(Catharsis)를 맛보며 헝클어진 마음을 추스르고, 새로운 활기를 찾는다.

아싸지몽, 꿈과 현실의 판타지

일상에 지쳐 마음의 여유도 없이 치열했던 생존경쟁으로부터 해방된 후 양평에서 인생 2막을 시작한 지도 벌써 5년이 흘렀다. 은퇴는 시기의 문제일 뿐 언젠가는 우리 모두 맞닥뜨려야 하는 현실이다.

가장 이상적인 은퇴는 공격과 같은 가치가 있다며 은퇴 10년 전부터 준비해 왔던 일들을 조금의 망설임도 없이 자유롭고 보람 있게 일궈내면서 인생 2막을 열었다. 그런 노력 덕분에 은퇴 후의 불안감을 뒤로하고 내가 꿈꾸던 생활에 어느 정도 안착할 수 있었다.

인생을 리셋하고 새 출발 버튼을 누른 그때부터 한동안은 찌든 표정도 가셔지고 의욕이 넘쳐 무엇을 해도 활기차고 마냥 즐겁기만 했다. 내 몸에 맞지 않은 옷을 입은 듯한, 오랜 직장생활을 뒤로하고 우여곡절 끝에 자리 잡은 양평의 삶이니, 얼마나 부푼 마음이었겠는가.

한가할 때면 함악정 기둥에 매어놓은 해먹에 누워 흔들

흔들 풍월을 읊으며 인생의 즐거움을 낚고, 집착하는 마음을 털어내고 어슬렁거리며 노니는 홀가분한 생활, 소소한 행복을 쌓으며 산다면 항상 좋은 날들이 가득하고 마냥 인생에 무지개가 뜰 것만 같았다.

하지만 막상 은퇴 후 자유인이 되어 양평에서 머무는 시간이 길어지자 예상치 못한 문제에 부딪혔다. 쫓기듯 애태울 일은 없는데도 이전 못지않게 힘든 면이 생겨났다. 어디에도 매이지 않을 자유로움을 충분히 누리기도 전, 패기나 열정은커녕 외로움을 동반한 막막함, 미래에 대한 불안이 엄습해 왔다.

즐겁게 보내는 것도 하루 이틀이지, 무료한 시간이 길어질수록 괜히 마음 한구석이 허전하고 알 수 없는 외로움이 커졌다. 시간이 지날수록 노는 게 노는 게 아니고, 쉬는 게 쉬는 게 아니었다. 심지어 귀양살이하는 것처럼 숨이 막히고 답답해지기도 했다. 넘쳐나는 시간을 주체 못하는 '시간 부자'가 되었으나 주변 사람들과 깊은 관계 맺기는 점점 더 어려워졌다. 각자 외로운 섬처럼 사는 일상이 마음 한구석을 헛헛하게 했다.

느리게 살겠다는 이유로 익숙해져 버린 게으름과 나태

에서 비롯된 생활 패턴은 그렇지 않아도 혼자 있기를 즐기는 나에게, 점차 일상을 넘어서는 기벽(奇癖)으로 자리 잡기 시작했다. 혼자 지내는 시간이 많아지니 상대적으로 엉뚱한 곳에 빠져드는 시간도 늘어났다.

통상의 전원생활은 머리가 한가하고 몸이 분주한 것이 일반적이지만, 내 경우는 그것과는 조금 다르다. 몸을 바삐 움직이기보다는 현실과 환상이 뒤죽박죽인 망상에 빠져 지내는 시간이 상대적으로 많다. 혼자 있는 시간의 무료함을 달래기 위해 상상 속을 헤매는 시간이 늘면서, 이런저런 공상에 빠지거나 대책도 없는 생각이 꼬리에 꼬리를 물고 이어졌기 때문이다. 바깥세상에 등 돌리고 벽을 쌓은 채, 생뚱맞은 사고로 똘똘 뭉쳐 실체도 없는 것을 좇는 생활이 허황하다 못해 엉뚱함을 키웠는지도 모르겠다.

외곬에 한쪽으로 치우친 편협함에서 벗어나지 못하고 둔세(遁世, 속세를 피하여 은둔함)적 불안감을 안고 사느라 머릿속은 뒤죽박죽이고, 현실과 비현실의 경계에서 허덕이는 과대망상에 빠진 영혼의 방랑자로 소일하기에 바빴다. 과거로의 시간여행을 떠나게 된 것 역시 그런 결과의 산물이었다.

때로는 현실도피, 과대망상이 점점 심해지는 건 아닌가 하는 마음에 가끔 걱정될 때도 있다.

아무리 좋은 습관이라도 지나치게 한쪽으로 치우치면 삶의 밸런스가 깨질 수밖에 없다. 과유불급(過猶不及), '정도를 지나침은 미치지 못함과 같다'는 공자의 가르침을 떠올려본다. 쓸데없는 것에 사로잡히고 쉽게 가라앉지 않는 갑갑함을 견디기에 진력 난, 어제가 오늘 같고 오늘이 내일 같은, 별로 다를 것 없는 일상에서 벗어야겠다는 생각이 문득문득 떠오른다.

무기력증이 심할수록 하루빨리 그런 상황에서 벗어나는 것보다 좋은 처방은 없을 것 같다.

그런 심적인 방황의 시기에 만난 것이 '장자(莊子)'였다. 고대 송나라 출신인 장자는 제자백가 중 도가사상을 널리 전한 인물이다. 개인의 자유를 가장 우선시했으며, 그 어디에도 구속되지 않고 자유롭게 살기 위해 최소한의 생계유지에 필요한 일만 했다고 전해진다. 도가사상에 심취한 인물들이 대개 심산유곡에 은거해 살았던 이유와도 관련이 깊다.

장자(莊子)는 '인생은 잘 놀다 가는 것'이니 진정한 자유를 누리며 살길 권한다.

소풍 온 인생, 잘 놀다 가기 위해선 한 마리의 작은 물고기 '곤(鯤)'이 억겁의 축적을 통해 대붕(大鵬, 크기가 수천 리에 달하며 한 번에 구만리를 난다는 상상의 새)으로 날아오르듯, 우주적 존재로서 자유롭게, 영원한 비상(飛上)의 과정을 거쳐야만 한다. 비상은 깨어나기 위해서 반드시 거쳐야 하는 과정이다.

'무위자연, 자연으로 돌아가라'라는 장자의 가르침 또한 단순히 산으로 돌아가 도를 닦아 신선이 되라는 뜻이 아니라 세상으로 들어가라는 말이기도 하다. 각자의 본성을 되찾으라는 뜻인데, 자신의 본성뿐 아니라 상대의 본성도 존중하라는 의미가 함께 담겨있다.

장자의 나비에 관한 꿈, '호접지몽(胡蝶之夢)' 또한 너무도 유명한 이야기다.

어느 날 장자가 꿈을 꾼다. 꿈속에서 자신은 나비가 되어 꽃밭을 날아다니며 한바탕 즐겼는데, 꿈을 깨고 보니 다시 장자가 되어있었다. 장자 자신이 꿈속에서 나비가 된 것인지 아니면 나비가 꿈속의 장자로 변한 것인지 구분할 수 없음에 의문을 품게 되고, 꿈과 현실을 구분 짓는 것 자체가 무의미함을 깨닫게 된다.

장자는 '이것이 저것이고 저것 또한 이것이다.'라며 다름의 차이가 무슨 소용인지 묻는다. 장자의 이름이 원래 장주(莊周)라서, 그 이름을 따서 장주지몽(莊周之夢)이라고 한다. 결국 '인생은 한바탕 꿈'일 뿐이다. 인생의 덧없음을 이르는 나비의 꿈은 사물과 내가 한몸이 되는 경지를 가리킨다.

책을 읽으며 강한 전율에 몸을 떨었다. 한 구절 한 구절이 깊이 와닿았으며, 뜻을 새기면 새길수록 감탄이 절로 나왔다. 가슴 한쪽이 찡해지며 톡 쏘는 고추냉이를 한입 가득 삼킨 기분이랄까. 이야기에 담긴 뜻을 하나하나 곱씹어 생각하다 보면 어느 순간 장자라는 큰 산에 한발 가까이 다가선 것 같은 기분이 들었다. 비로소 인생 여행의 정신적 환풍구를 찾았다는 느낌이 들었다.

너무 중요한 지침을 얻은 것 같아 단순히 읽는 데 그치지 않고 한시라도 빨리 장자의 삶을 내 것으로 만들어 보고픈 마음이 강하게 일었다. 사상이나 철학은 말할 것도 없이, 이미 수천 년 전에 그렇게 심오한 깨달음에 이른 장자라는 인물 자체가 새삼 궁금해졌다.

인생의 아름답고 소중한 것을 깨닫게 되는 일은 생각보다 훨씬 강력한 파동을 만들어 낸다. 말 그대로 '임팩트(impact)'의 순간이다. 그렇게 장자의 소요유(逍遙遊)를 비롯한 철학과 사상은 내 삶의 방향타가 되었다. 장자를 통해 '나답게 살아가는 지혜'를 찾기로 했다.

함악정은 시간의 흐름을 멈출 만큼 고즈넉해 수양이나 깊은 사색에 제격이다. 귓가를 간질이는 바람 소리와 온갖 새소리가 가득해 스르르 잠이 밀려오면 장자가 꾼 꿈, 장주지몽을 흉내 낸 '아싸지몽'의 무아지경(無我之境)에 빠지기 제격이다. 그렇게 오늘도 어김없이 아싸지몽에 빠져든다.

시공을 훌쩍 뛰어넘어 조선 시대를 풍미했던 양반으로 살면 얼마나 좋을까 하는 몽상에 빠질 때면 당시의 한량(閑良)으로 빙의(憑依) 되어, 놓친 영화를 보상이라도 받으려는 듯 양반의 자아를 찾아간다. 한량(閑良)의 무리가 쳐

들어와 짓궂게 나의 잠자는 영혼을 흔들어 깨워 빙의(憑依)를 씌워놓고 달아나 버리면 내 머릿속은 속절없이 몽환(夢幻) 속으로 빨려든다.

가령 이런 식이다. 갑자기 맑은 하늘이 시커멓게 변하더니 금방 비라도 쏟아낼 것처럼 음산함이 엄습해 온다. 홀연히 나타났다가 바람같이 사라져 버리는 '그분(?)이 오실 것 같은 예감'을 동반한다.

만약 무속에서 이야기하는 접신(接神)의 과정이 있다면 바로 이런 모습이 아닐까. 암튼 함악정에서 몽환(夢幻)에 깊이 빠져 비몽사몽(非夢似夢) 기묘하게 벌어지는 나의 꿈 이야기는 늘 그렇게 시작된다.

세상은 이미 개화된 지 오래고, 전통적인 신분체제가 붕괴되고 양반도 몰락한 지 까마득하다. 양반이라는 칭호마저 이 양반 저 양반 하는 대명사로 격화된 마당에 이씨 조선 왕족의 정통 족보를 간직하고 숭상하는 양반의 뿌리가 무슨 대수이겠는가? 신분상의 특권이 없는 지금의 실정을 보면 안타까운 처지이지만, 내심 평범한 인생을 거부하는 양반 기질만은 다분하니 그것 또한 시대에 뒤떨어진 모양새로 겨우겨우 나 자신을 지탱하고 살아왔다.

제 나름의 우월 의식에 빠져 겉은 고상한 체, 꼴사납게 점잔을 빼며 '냉수 먹고 이빨 쑤신다'고 관심이 없는 척하면서 매양 과시하거나 돋보이고 싶은 속물근성이 자리하고 있다. 빈속에도 배불리 먹은 것처럼 그럴듯하게 길게 트림하는 허세와 밥상을 차려줘도 쉽게 앉지 않는 위선과 가식, 양반 특유의 알맹이 없는 허장성세(虛張聲勢)는 여전하고 행동거지며 몸가짐은 그야말로 양반은 양반이지 않은가.

한창 호연지기(浩然之氣)를 기르던 젊은 시절에는 어떤 유혹에도 끄덕 않고 언감생심 꿈도 못 꿨던 내가 허세 가득한 바람둥이로 변해 한바탕 흐드러지고 싶은, 엉뚱한 생각이 내 안 깊숙이 잠재해 있을 줄이야.

꿈이란 무의식의 표출이라던데, 깊은 내면, 아이러니하게도 한 번쯤은 부러움의 대상인 양반 세상에서 호의호식하며 허세 부리는 바람둥이 한량으로 살고 싶었나 보다.

사대부 집안의 자손으로 말미암아, 힘들거나 험한 일은 감당 못 하며 양반의 체통을 무엇보다 중시하는 처지이므로 경망스러운 행동을 함부로 할 수 없는 감정의 억제가 일상이었으나, 상상 속에서라도 마음껏 흥겨운 풍류에 빠져든다.

그렇게 한량놀음에 시간 가는 줄 모른다.

한바탕 흐드러지게 시간여행을 하고 나면 감정이 충만해지고 세상이 다르게 보인다. 삶의 생기와 의욕이 살아난다.

장자의 가르침을 따라 살겠노라 마음먹은 후, 많은 부분에서 자유로워지고 변화가 생겼다.

그런 일이 가능한 안성맞춤의 장소, 소요유의 삶 자체인 양평 집이 있다는 사실이 새삼 감사하다. 아등바등하는 삶에서 놓여나 내 앞에 버티고 선 삶의 경이로움에 주목한다. 현실에서는 불가능한 일탈을 타임슬립과 같은 경험을 통해 내가 누리지 못한 이씨 왕조, 시대만 잘 탔더라면 혹시 누렸을지 모를 권력과 향락을 좇아 시간여행을 이어간다. 그런 판타지가 가능하다면 거기서 얻게 되는 소중한 무엇이 혹시 내 삶을 다른 방향으로 인도해 줄지 누가 알겠는가.

굳이 주변의 눈치를 살피지 않아도 좋고, 배려라는 이유로 내키지 않는 일을 했던 것에서도 자유로워지고 싶다.

타인의 시선이나 사람들과의 관계 때문이 아니라 진심으로 내가 하고 싶은 일, 내 본능에 충실하게 살고 싶은 마음이 커져만 간다.

체면 따위는 벗어버리고 호시탐탐 여색을 탐할 기회를 노리는 카사노바 같은 화려한 삶을 꿈꾸는 삐딱한 생각은 비난받아 마땅하지만, 열정적으로 감성의 쾌락을 추구하며 홀린 듯 빠져드는 탐닉을 통해 당당히 감정의 탈출구를 찾아본다.

지난 시절의 분잡함을 떠나보내고 앞으로의 삶은 시간을 허투루 낭비하지 말자 마음먹는다. 내 인생의 새로운 기회, 자신만을 위한 인생은 무엇이고 나는 어디에서 왔으며 지금 어디에 있는가. 그 뿌리를 찾아 살펴보면서 정체성을 찾으려 시도해 본다.

한량의 인식, 논리, 가치에 대한 깊은 사유가 양반에서 싹텄음을 진정 확인해 볼 기회이다.

조선 시대 체통을 지키기 위한 근성과 안주하기를 거부하고 방랑을 일삼으며 자유롭게 생각하고 행동하던 방외인(方外人)의 피가 흐르고, 자칭, 타칭 현대판 방외인인

'아웃사이더'로 사는 것을 주저하지 않았으니 어쩌면 당연한 귀결이었는지도 모르겠다.

　다소 엉뚱하지만 한량놀음에서 비롯된 나만의 회춘(?) 방법을 찾았듯 누구에게나 한 가지쯤 각자 즐거움을 찾는 방법은 있을 듯하다. 몸은 나이 들어도 마음만은 언제까지나 청춘이어야지 하지 않을까?

몰입, 나를 찾아가는 여정

　잠을 잔 것도 그렇다고 깬 것도 아닌 채 뒤척이다 깬 이른 새벽, 거울에 비친 내 모습은 차마 말로 표현하기 어려울 정도로 괴기스럽다. 눈은 퀭하게 움푹 패어있고, 눈자위 주변으로는 짙고 우묵한 그림자가 내려앉아 스산하기 짝이 없다. 산발해 흩어져 내린 머리칼은 얼굴을 가려 귀신의 몰골을 방불케 한다.

　날이 밝기 전 어스름한 대기에 휩싸인 새벽 적막 사이, 생각이 완전하게 깨어나지 않은 반수면 상태. 그 시간 내가 할 수 있는 최선은 컴퓨터를 켜고 손가락 마디 관절이 탈이 날 정도로 열심히 자판을 두드리는 일이다.

　어김없이 생각의 미로에 빠져든다. 울려 퍼지는 자판 소리를 따라 차츰 내 정신도 맑아지고 어눌하던 감성도 살아난다. 지난밤, 머리를 어지럽히며 맴돌던 글들을 자판에 쏟아낸다.

　하루를 이렇듯 예사롭지 않게 시작한 지는 이미 꽤 되

었다. 괜한 헛짓거리에 아까운 시간을 낭비하는 것처럼 보일 수도 있겠으나 내게는 매우 의미 있는 시간이다.

생각의 자유로움에 빠지는 자체가 마냥 즐겁다. 내면의 솔직함과 마주하게 되는 순간, 의미 있는 깨우침을 얻는다. 이런 생활은 은근 중독성이 있어 습관적으로 생각에 빠지지 않으면 못 배길 정도로 익숙한 일상이 되었다. 머리를 맴돌던 생각들이 구체적인 내용이 되어 문장이 되고, 글이 된다. 그렇게 마음의 고요와 평화를 안고 새벽을 맞는다.

은퇴 후 양평에서의 생활, 혼자 보내는 시간이 많아지고 취향껏 내가 하고 싶은 일들로 시간을 메우는 것은 삶의 활력을 주기도 하고, 그 과정에서 얻은 작은 깨달음을 통해 심오한 카타르시스를 느끼기도 한다.

때로는 반짝이는 영감을 얻기도 하고, 번득이는 아이디어는 참신한 글의 소재가 되기도 한다. 자연스레 비워진 마음에 생겨난 감성들을 모아 구슬을 꿰듯 하나의 일관된 이야기로 엮기도 하고, 경험해 보지 못한 또 다른 세상의 판타지가 되기도 한다. 그렇게 모인 이야기가 바로

'아싸지몽'이다.

아싸지몽은 장자가 꾼 꿈, 장주지몽을 흉내 내서 옛 양반 시대의 한량(閑良)으로 빙의(憑依)해 보면 어떨까 하는 단순한 생각에서 출발했다. 허풍기 다분하고, 믿지 않을 만큼의 넉살을 지닌, 개성 강한 캐릭터로 변신해 꿈과 환상을 오가며 '여취여몽(如醉如夢, 취한 것 같기도 하고 꿈인 것 같기도 한)'하는 이야기면 재미있지 않을까, 허황된 양반의 욕망과 위선을 농(弄)하며 벌어지는 이야기 정도의 플롯이라면 좋겠다는 생각이 들었다.

테마를 정했으니 중요한 것은 그에 도달하는 방법을 찾는 사색이다. 시작에 대한 막연함은 버리고 사색을 통해 어떻게 하면 재미있고 강한 인상을 남길 수 있는 글이 될지 생각에 빠진다. 마음속 명멸하는 무언가를 끄집어내 그토록 바라던 내 것으로 만들 차례이다.

개인적으로 사극 드라마를 즐겨 본다. 요즘은 정통사극을 고집하기보다는 역사적 사실에 현대적 감각을 더해 누구나 쉽게 즐기고 공감할 수 있는 퓨전사극이 주를 이른다. 인물이나 굵직한 역사적 사건은 차용하되, 허구적인 인물과 극적인 요소를 가미해 잔잔한 재미는 더하고 긴장감은 높인다.

　예를 들면 이런 식이다. 왕권이 쇠약한 시대를 배경으로 실질적인 권력을 쥔 권문세가와 왕족의 혈통을 이어 왕이 되긴 했으나 허울뿐인 나약한 젊은 왕이 등장한다. 나라를 잘 다스리고 싶어도 힘이 없는 왕은 자신이 할 수 있는 게 별로 없다는 사실에 좌절하게 되고, 돌파구를 찾으려고 노력한다.

　허수아비 왕을 조정하려 드는 권문세가나 외척을 몰아내기 위해 개혁 세력과 은밀하게 힘을 키우는 왕, 그 주변을 둘러싼 인물들의 이야기가 주축을 이룬다.

　또 다른 접근도 있다. 무미건조한 정사(政事)에 염증을 느끼고 미복잠행(微服潛行)을 핑계로 도성 안의 저잣거리를 넘나들며 일탈과 모험을 일삼는 과정에서 일어나는 이야기. 종종 모범적이고 교훈적인 주인공과 대척점에 선 인물로 그려지기도 한다.

　왕족으로서 위세와 부귀영화도 마다하고 궁중의 엄한 법도를 무시한 채 오로지 정염에 사로잡혀 양갓집 규수와 정분 나 격정의 소용돌이에 빠지는 극적인 장면을 볼 때마다 조선 왕조의 정통 혈통을 물려받았다고 은근 자부심을 품고 사는 나로서는 극의 재미를 넘어 마치 내가 드라마 속 왕족이라도 된 듯 깊이 빠져들곤 한다.

그럴 때면 자연스럽게 당시를 풍미했던 양반으로 살았더라면 어땠을까 하는 생각으로 이어진다. 시대만 잘 타고났다면 이렇게 아등바등 살지 않아도 좋을 텐데 싶은 생각도 든다. 고백하자면 우주여행을 떠나고 우리 삶의 많은 부분이 AI에 좌우되는 이즈음에도 나는 종종 상상 속 시간여행을 떠나, 그 옛날의 생활에 푹 젖어들곤 한다.

현실이 팍팍해질 때 그런 경향이 두드러지는데, 처음 출발은 '말도 안 되는 이야기'지만 은밀하게 혼자만 탐하던 재미가 점점 구체화 되어 날마다 조금씩 커지더니 어느 순간 눈덩이처럼 불어나 도대체 꿈인지 현실인지 헷갈리는 지경까지 이른 것이다.

한량(閑良)으로 빙의(憑依)해, 지금의 갇힌 삶을 훌훌 벗어나는 재미를 맛보게 되니, 시대를 잘 못 타 놓쳐버리게 된 영화를 보상이라도 받으려는 듯, 내 안 양반의 자아 찾기 놀음을 거듭하게 된다.

때로는 도무지 인정할 수 없는 현상을 꼬집으며 부족하

지만 솔직한 생각을 담아 이야기를 만들어 보고 싶은 마음이 솟구친다. 비록 페미니즘이 주요 화두인 시대 상황과는 어울리지도 않고, 본색을 숨긴 사치와 과장되고 낯선 양식으로 빈축을 살 수도 있겠으나 오직 나만이 할 수 있는 감성적 쾌감을 추구해 보고 싶은 마음이 간절해진다.

지금이 어느 땐데 아직도 양반 타령이냐고 반문할 수 있으나 양반이 되어버린 나의 위선에 대한 행적을 역설적으로 살피고, 고상한 척하는 속물근성을 훔쳐보고, 여자라면 사족을 못 쓰는 무분별한 색정에 사로잡혀 행실을 어지럽히는 일탈 행위는 인생을 망칠 수 있다는 깨달음, 결국은 인간성을 잃게 되고 영혼마저 황폐해져 낭패와 파국을 가져올 수 있다는 사실을 새삼 떠올려본다.

그런 깨달음을 기억한다는 변명으로 시대착오적 한량놀음의 부도덕한 행위를 신랄하게 비판하기는커녕 시답잖게 위선적 모습에서 영감을 얻고 구성해 내용에 살을 붙이기로 작정한다. 인생의 온갖 사연과 희로애락이 응축돼 넘치지도 모자라지도 않게 넘나들며 글로 그려내 보리라 마음먹는다.

어쩌면 이 모든 것이 사서 하는 고생일 수도 있다. 하지만 세 살 버릇 여든까지 간다고 한번 들인 습관은 좀처럼 고치기 어렵다. 주어진 시간이 많다 보니 점점 더 깊이 빠지게 되었다.

"작은 행실을 조심하지 않으면 큰 덕을 허물게 된다(不矜細行, 終累大德)"는 『서경(書經)』의 한 구절이 생각난다. 사람들 입방아에 오르내리고 정상적인 사고의 맥락을 파괴하는 퇴폐적인 현상으로 여겨져, 남들에게 손가락질이나 받지 않을까 염려스러운 마음이 앞선다. 수치스러운 생각에 그만 접을까도 했지만, 이왕 내친걸음, 열정이 더 식기 전에 끝까지 가보려 한다.

다행인 점은 한 가지 목표를 정하면 집중과 몰입을 통해 잠시나마 얽혀있는 온갖 번뇌를 놓아버릴 수 있다는 것이다. 내심 수시로 변화하며 조금씩 구체화되는 날 것의 아이디어가 짜릿하다. 새로운 실험에 도전하는 설렘이라고나 할까.

삶이 힘들고 괴로워질 때, 마음의 갈피를 잡기 어려울 때 자신의 마음을 붙들어주고 돌파구를 찾게 해주는 마음속 단상이 있어도 그것을 글로 쓰는 일은 참 쉽지 않다.

잠시 편안함을 뒤로하고, 무모해 보이는 시작에 몰입해

본다. 잠시라도 고독에서 벗어나는 후련함을 맛보기 위해서이다. 결과물이 어떻든 땀이 송골송골 맺히며 열심인 나 자신이 참 마음에 든다. 이런 과정이야말로 사막의 오아시스를 찾는 것과 별반 다름없다는 생각에 흐뭇한 미소를 짓게 한다.

중국 고전 『후한서(後漢書)』에는 "질풍경초(疾風勁草)"라는 사자성어가 나온다. '거센 바람이 불 때 강한 풀이 구분된다.' 혹은 '질풍에도 꺾이지 않는 억센 풀'이라는 뜻으로 해석된다. 세상사에 비유하자면 '제아무리 거센 세상 풍파에도 흔들림 없이 맞서 과감하게 도전하는 사람'이라는 말일 것이다.

질풍경초와 같은 자세로 미지의 세계에 대한 탐험을 꿈꾸고 깊이 몰입한다. 생각 끝에 택한 것이 엽기적이랄까? 한여름 무더위를 가시게 할 납량(納涼) 특집이라도 생산할 요량으로 시작된 고민 끝에 얻어낸 소재가 장자(莊子)의 장주지몽(莊周之夢)의 색을 다르게 패러디해 낸 '아싸지몽'이다. 조선 시대 양반가의 세상 물정 모르는 한량(閑良)이 나의 혼란한 마음을 감지, 타고 들어와 굴레를 씌워 겪는, 한마디로 귀신이 들린 빙의(憑依) 현상이다.

한숨을 돌리며 생각들을 정리해 본다. 먼저 프레임을 짜고 거기에 문득문득 떠오르는 영감들에 하나씩 장식을 붙여 나간다. 막상 시작하려니 노는 재미에 깊이 빠졌던 터라 다가올 시간이 두렵다. 어쩌면 지금의 열정은 노력이 아닌 집착일지도 모른다. 그렇다고 해서 멈출 수는 없다.

수시로 잡념을 쫓으며 한 가지에 몰두하는 재미에 빠진다. 현실의 적적함을 잊는 도피 수단이 내면 깊숙이 침잠하는 시간으로 변해 내 안에서 또 다른 의미로 살아난다. 생각에 깊이 빠지는 덕분에 오히려 나는 당당하게 세상과 소통할 힘을 얻는다.

내면세계이건, 외부 세상이건 소통하기 위해서는 공감할 수 있는 무엇이 있어야 한다. 그러자면 쇼가 아닌 진정성이 있어야 한다. 가면을 벗고 알몸을 드러낼 만큼 당당해지지 않으면 공감을 끌어낼 수 없다.

고통과 고독 속에 살면 인생이 쉽게 황폐해질 수 있다. 현실 판단력이 떨어져 사물을 보는 시각도 왜곡되고 망가지기 쉽다. 흔히 무능과 비관으로 이어지는 언짢은 기분이 모래알처럼 쌓이고, 심화가 끓어오른다. 그 상태를 벗어나는 유일한 방법은 사색과 기록이다. 지금이 바로 그런 상태이다.

오직 자신만의 이야기, 나만의 색이 담긴 이야기를 떠올리며 이야기의 실타래를 엮어본다. 이렇게 몰입할 때만은 한없이 순수하고 과민한 감성의 소유자일 뿐이다. 이런 발상의 전환이야말로 고독의 늪에서 빠져나오는 탈출구이자 촉진제 역할을 한다.

꿈은 세월을 따라 희미해졌지만, 나에겐 아직 식지 않은 뜨거운 가슴이 있다. '판도라 상자'의 희망, 프로메테우스의 불씨는 꺼지지 않고 남아있다. 갑자기 종교에 귀의한 것처럼 장자(莊子) 사상을 추앙하며, 그동안 이런저런 이유로 주저해 왔던 일들을 마음껏 하며, 그 속에서 즐거움을 찾기 위해 애쓴다.

처음에는 그저 신선놀음 같은 삶이 장자 사상의 근간이 아닐까 여기며 즐거움과 여유로움을 추구하는 일에 집착했지만, 그런 생각과 행동은 겉만 보고 익힌 수박 겉핥기식이라는 것을 알게 되었다.

자연의 순리와 음양의 조화에 뿌리를 두고 인간 또한 그러한 우주 질서 속의 한 개체로 존재한다는 사실에 주목한다. 자연스러운 순리를 따르며 무한의 세계에 빠져들다 보면 진정한 깨달음을 얻을 수 있고, 그 속에서 즐거움과 희열을 얻을 수 있다. 인간의 자유가 일상에 얽매이지 않고 무한하게 펼쳐져야 한다는 장자의 세계관에 내 인생을 고스란히 던지며 지금까지도 '소요유(逍遙遊)'의 심오함에 상당히 애착을 두고 있다.

느닷없이 쏟아지는 집중호우처럼 솟아오르는 벅찬 감정을 주체할 수 없어 길게 늘어트린 지루하고 짜증스러운 신변잡기로 생활 속에서 보고 듣고 느끼고 생각한 것의 기록이다. 일상에서 얻은 경험과 사색의 결과물을 서투른 졸필(拙筆)로 다 담을 수 없어 아쉬움을 느낀다. 다만 부족한 글에서나마 전하고 싶은 내 마음이 아주 일부라도 전달되길 기대한다.

*

아싸지몽 구상하며 덧붙인다면 아직도 양반이랍시고 위세 등등한 허세를 부리며 잔뜩 거들먹거리는 한량에 빠져 벗어나지 못하고 마치 장취불성(長醉不醒, 술을 계속 마셔서 깨어나지 못함)의 늪에서 허우적대는 꼴에 한심한 듯 혀를 끌끌 차는 이가 있어도, 행랑채 밖에서 '나으리, 나으리' 하고 머슴이 부르는 소리가 귓전에 울려 가시지 않는 여운으로 남는 것이 마냥 좋기만 하니 이를 어쩌란 말인가?! 양반으로서의 당당한 위세와 맥락이 통하는 이 빙의망상에서 깨어나지 않았으면 좋겠다.

추억 소환, 젊고도 젊은 날

아싸지뭉을 구상하며 모처럼 잊혀진 추억을 소환해 본다. 스스로에게 만족감을 주는 글은 읽는 이의 공감을 얻을 때 더 매력적으로 다가온다. 대체로 내 글은 어딘지 모르게 어설픈 것 같아 당당하지 못할 때도 있지만, 그래도 아주 가끔 만족스러울 때가 있는데 그때의 기쁨은 글을 써 본 사람만이 공감할 수 있다. 그런 경험은 자존감도 높여 주고 은근슬쩍 존재감도 확인할 수 있다. 글을 쓰고 읽는 모든 과정에서 행복을 느낀다.

산등성이 구름이 가쁜 숨을 몰아쉬며 달려온 세월의 고비, 푸른 산 푸른 들 만장한 여름의 절정이다. 대지까지 뜨거운 여름이 신음한다. 이제는 향수가 뭔지도 모르고 살게 돼버린 것 같다. 어쨌든 꽃피는 봄도 좋지만 그래도 계절 중 가장 활기찬 것은 여름이 으뜸이다. 원초적인 한 여름이 좋은 거 보니 혹여 인생의 깊이가 아직도 모자란 것은 아닌지.

　연어가 회귀하듯 잠시나마 나의 고향을 더듬어 본다. 어린 시절 수원, 화성의 수인선 철둑길에서 뛰놀던 고향 풍광을 떠올려본다. 원래 개성 피난민이었던 선친이 어렵게 정착한 낯선 동네이기도 하지만, 상전벽해(桑田碧海)라 지금은 온통 아파트촌으로 가득 차 그나마 희미한 어릴 적 기억마저 찾아보기 힘든 지경이 되었다. 풍경도 기억도 까마득하게 오래전 일이 되었다.

　지나간 것은 아름답다. 그것이 설령 우리 삶을 서성이게 했더라도…. 질풍노도의 시기였던 70년대 말은 시대적 혼란과 불확실한 미래에 대한 고민으로 주체하지 못할 혼돈의 시기를 보내야 했다. 예리한 지성과 섬세한 감성이 시대의 모순과 부딪치고, 답도 없는 고민과 번뇌의 시간을 온몸으로 헤쳐 온 시간이 이젠 다 빛바랜 추억이 되었다.

　오랜 시간 무수한 사람들이 삶의 주인공으로 명멸해 왔지만, 사람 사는 이야기는 예나 지금이나 크게 차이가 없는 듯하다. 지금도 세상 돌아가는 모양새는 엇비슷하고, 그 속에서 흔들리며 사는 우리 모습도 크게 다르지 않다.

　그 옛날 마땅히 할 일이 없었던 한량들이 비슷한 처지의 양반들과 어울려, 기생집을 들락거리며 무료한 시간을 보내듯, 어쩌면 누구나 한 번쯤 감히 방석집(살롱)은 엄두도 못 내고 겨우겨우 홍등가를 기웃거린 경험이 있을 것이다.

1970~1980년대 한때 날렸던 술집들…. 간지러운 추억을 떠올려본다. 은밀함이 주는 불안과 당당하지 못한 마음에 조마조마하면서도 여드름이 터지듯 끓어오르는 청춘의 몸부림을 감당키 어려웠던 젊은 시절을 생각하면, 지금 와 고백하자면, 부끄럽지만 정말 풋풋한 시절이었다.

수원 하면 대폿집 젓가락 장단이 요란하던 '매교다리 술집'이 유명했던 것 같고, 유독 수원역전 단골 전당포 주위를 배회하던 '서둔말' 친구들이 생각난다. 몰래 집의 쌀독을 비워내는 등 어렵게 돈을 만들어 빠알간 등불 아래를 들락날락하던….

지금은 그곳을 지날 적마다 많이 달라진 분위기에 격세지감을 느낀다.

여하튼 어떠한 환락도 꼭 쓰디쓴 회한은 따르는 법이니, 그만한 뒷맛쯤이야 불가피한 일이 아니었을까. 아련한 향수를 부르는 그 시절로 돌아가 보고 싶다. 그때의 충격과 떨림은 평생 잊을 수 없는 경험이었다.

그 시절, 그때의 떨림을 떠올리며 이제 내가 하려던 이야기의 구상을 이어가 본다.

체통과 근본을 중시하는 조선 시대 신분 사회에서 느끼는 중압감과 달리, 한량의 본색은 숨길 수 없어 갈팡질팡하는 인물에 집중한다. 이 인물이 필연적으로 맞닥뜨릴 수밖에 없는 다양한 형태의 번뇌와 고민, 그런 상황을 풀어가는 이야기에 집중하기로 마음먹는다. 그 같은 마음의 원리에 바탕을 둔 틀 안에서 여생은 어떻게 살 것인가, 어떻게 이치를 활용할까 점검해 보는 것으로 확장하면 도움이 될 것 같다.

인생을 살며 소수의 특별한 사람들만 경험하는 이야기가 아니라, 누구나 한 번쯤 겪게 되는 관심사에 대해 가려보고자 마음먹는다. 말미에 상상할 것도 가득하고 넓은 이 세상에는 놀 것도 많다는 걸 실감케 하는 이야기로 끝맺음하면 나쁘지 않을 것 같다.

결국 심신 건강이 중요하고 즐거움[樂]을 추구하며 즐겁고 번민 없는 마음의 평안이 최고라는 사실을 알게 되는 것만으로도 큰 깨달음을 얻게 될 테니까. 양반이랍시고 우쭐대는 인생역정을 마음껏 표현하고 그런 과정을 통해 교만하지 않게 작은 교훈, 아니면 작은 즐거움이라도 건질 수 있길 기대해 본다.

혹자는 공감은커녕 당혹감이 드는 형태가 거북하게 느껴질 수도 있겠다. 그런 반응에 속수무책이 될 수밖에 없겠지만, 아무튼 승복을 넘어서 공감을 끌어내려면, 읽기 쉽고 내용이 잘 전달돼 울림을 주는 글이 되어야 할 텐데 시작도 하기 전 걱정부터 앞선다.

무심코 지나칠 수 있는 하찮은 생각이나 별 볼 일 없음에서 얻을 수 있는 인생사이니 이렇게 수사가 많은 넋두리가 될 수밖에 없음을 인정해야겠다. 변명하자면 보잘것없는 이야기를 마치 거창한 인생사처럼 포장하고 부풀린 것은 각박한 현실에서 한 번쯤 벗어나 잠시나마 여유를 찾길 바라는 마음에서이다.

산뜻하고 균형 잡힌 포도주처럼 향기로운 글이라면 좋겠지만, 유감스럽게도 내 글의 부족함을 인정해야겠다. 과장된 측면과 시시콜콜 질펀한 묘사로 표면상에 드러난 난해함에 발목이 잡힐까 두려운 마음이 든다. 어설프게 기교에 치중해 이도 저도 아닌 퓨전요리처럼, 밋밋한 느낌이 들더라도 대충 깨작거리지 말고 각자 기호에 맞는 양념을 쳐서 음미하며 곱씹어 주길 바랄 뿐이다. 누군가가 이 신변잡기에 담긴 나의 일부를 공감해 줬으면 좋겠다.

방외인(方外人), 아웃사이더 그리고 아싸

우리는 각자 짊어진 삶의 무게를 견디기 급급해 늘 쫓기 듯 시간을 보낸다. 주변을 돌아볼 여유도 없고, 언감생심 사람들과도 깊이 있는 만남은 꿈도 못 꾸고 무심코 지나 치는 경우가 많다. 그런 표면적인 관계에 부족함을 느꼈던 나, 한 번쯤은 반드시 생각해 봐야 할 참답고 소중한 순 간, 그런 특별한 만남에 대해 오랫동안 고민했고, 그런 시 간의 축적이 다시 한번 이런 기회를 마련하게 되었다.

우연히 마주친 삶의 소소한 기쁨과 다소 느리더라도 변 함없는 넉넉한 마음을 표현하고 싶었다. 시간의 무게에 따 라 다소 편해졌지만, 여전히 마음 한구석 응어리지고 밑 바닥 어딘가에 눌린 분노나 회한, 얼룩진 오염까지 훌훌 털고 싶었는지도 모르겠다.

그런 맥락에서 잠시, 아웃사이더를 소개해 본다.

'아웃사이더'는 이미 알고 계시듯, 오래전 내 스스로 정 한 별칭이다. 주로 호(號)나 필명(筆名)으로 사용해 왔는

데, 과거 현직에 있을 때부터 구성원들이나 지인들에게는 익숙한 호칭이다. 내가 아웃사이더로 불리길 원한 데에는 다소 거창하지만 나름의 숨은 사연이 있는데, 옛 문헌의 '방외인'이란 말에서 힌트를 얻었다. 최근에는 말 줄임이 대세인 트렌드를 따라 아웃사이더를 '아싸'로 사용하게 되었다.

이씨 조선 왕족의 정통 DNA를 가지고 있는 나를 돌아보면 남들과는 관심사도 다르고 추구하는 것에도 차이가 있어 다소 현실과는 동떨어진 면이 있다. 좋게 말하면 한량(閑良)에 가깝고, 나쁘게 말하면 얼빠진 사람처럼 보일 수도 있다.

여전히 '양반' 운운하는 고루함은 나라는 캐릭터를 이해하는 데 도움이 될 듯하다. 겉으로는 윤리와 기강을 붙들고, 안으로는 비록 속은 비어도 체통을 중히 여기는 허영기가 가득하다. 냉수를 마시고도 고기를 뜯어 먹은 양 이를 쑤시고, 밥상이 차려졌다고 해서 냅다 앉지 않는, 한마디로 요즘 사람들 입장에서는 도무지 이해 불가한 면이 있다.

필사적으로 '자리'에 매달리고 '밥상'에 매달리는 것이 현실적인 행복을 추구하는 가장 빠른 길이겠지만 때론 내면의 지향 때문에 부평초(浮萍草) 같은, 어리석은 몽상에서 쉽게 벗어나지 못한다. 인생이라는 사막에서 오아시스를 찾아 유랑하는 방랑자와 닮은꼴이라고나 할까.

시대를 막론하고 흐름을 거스르고 자신만의 세상을 꿈꾼 이들은 늘 있기 마련이다. 조선 시대에도 엄격한 신분제라는 사회질서 속에서 자신이 누릴 수 있는 권리에 안주하기보다 반골 기질을 드러내며 타협을 거부하고 기인처럼 세상을 떠돌며 사는 예도 얼마든지 찾아볼 수 있다. 신분 질서를 부정하고 세상을 유랑하거나 은둔하며 시대의 틀을 깬 반항아들을 '방외인(方外人)'이라 불렀다는 문헌 자료가 있는 것만 봐도 쉽게 짐작해 볼 수 있다. 매월당(梅月堂) 김시습(金時習) 같은 인물이 대표적이다.

마치 내가 그 시대의 방외인 양, 굳이 공통점이나 연결고리를 찾아내 비교하려는 행태가 어울리지 않게 보일 수도 있겠다. 하지만 내가 집착하는 이유는 그런 삶을 동경하고, 내 안의 주체할 수 없는 들끓음이 자주 고개를 들기 때문이다.

겉으로는 어리숙하고 마냥 유해 보이지만 내 안의 중심을 지키며 글쓰기에도 관심이 많다. 또 심오한 성찰의 경지까지는 아닐지라도 자기검열을 통해 내적 성장을 중시하는 영혼의 수선공임을 자처한다.

때론 게으른 완벽주의자가 되기도 한다. 눈만 뻔히 뜨고 할 일을 과감하게 뒤로 미룬 채, 대부분의 시간을 객쩍은 공상(空想)과 신기루를 좇으며 꿈과 현실을 오가기도 한다. 현실과는 동떨어진 세계에서 때로는 물욕에 초탈한 사람처럼 행동하기도 하고 또 때로는 공중누각(空中樓閣)을 쌓듯 생각의 꼬리를 물고 하룻밤에도 무수히 나만의 세계를 세우고 허물기 반복한다. 몽중에는 갖은 치장을 하는 등 우쭐대다가도 감동이 식으면 이내 몹시 침울하고 우울해하며, 감정의 균형을 자주 잃는 엉뚱하기 짝이 없고 대책 없는 공상가이다

한번 방향을 잃으면 노는 데 정신이 팔려 챙겨야 할 것도 쉽게 놓아버리고, 그런 상태에서 빠져나오는 데 무척이나 오랜 시간이 걸리기도 한다. 이런 위태로운 줄타기를 하는 중에도 그동안 크게 문제가 없었던 것은, 다행히 자신이 지향하는 분야나 목표가 생기면 반드시 이루어야만

직성이 풀리는 심지와 의지력이 크게 도움이 되었다. 그뿐 아니라 일 처리는 의미와 가치를 중요하게 생각하며, 책임감 강한 면모로 성에 찰 때까지 끝을 봐야만 안도할 수 있는 완벽주의 성향도 보탬이 됐다.

개인적인 취향이나 자기애가 강하지만, 조직이건 개인의 삶이건 목표가 주어지면 누구보다 좋은 결과를 끌어내기 위해 과몰입하는 경향이 있는데, 나르시시즘 뒤에 감춰진 불안, 강박증은 내가 늘 안고 사는 문제이기도 하다.

사람들과의 관계에서는, 오해를 살 정도로 표리부동하게 보일 수도 있으나 실제로는 허허실실 화이부동(和而不同) 한다. 남과 사이좋게 지내되 의(義)를 굽혀 쫓아다니거나 붙지 않는, 자기의 중심과 원칙을 잃지 않음으로써 농단(壟斷)에 저항하는, 아무도 알아주지 않는 고독한 예외자이다.

자신이 품은 뜻과 사회가 맞지 않거나 혹은 사회가 자신을 용납해 주지 않아서 사회를 벗어나 자유롭게 살아가는 방외인처럼 속세에 초연하며, 현실과 동떨어진 것을 고상하게 여기고 세상의 저편에 서서 살아가는 고답주의에 빠진 사람을 연상하면 된다.

옛 '방외인'과 현재의 '아웃사이더' 사이에는 어떤 공통점과 차이가 있을까?

세상사 복잡한 것만큼이나 어려운 것이 인간관계일 듯하다. 많은 사람이 관계에서 오는 어려움이나 피로감에서 벗어나지 못해 여전히 힘들어한다. 나 역시 예외는 아니다.

나라는 사람은 면전에서 직접 이야기하기보다는 우회(迂回)의 논리로 상대방을 설득하는 간접화법을 즐겨 쓰며, 풍랑이 많은 세상인지라 보고도 못 본 체하는가 하면 알고도 모른 척하며, 바보스러울 정도로 비워내고 동요되거나 감정을 드러내는 일 없이 그동안 자세를 낮추며 살아왔다.

혹자는 그런 나를 두고 뼈가 없다고도 하고, 우유부단한 사람으로 치부하기도 한다. 나름 의도한 바가 있어 허허실실(虛虛實實), 허자허지(虛者虛之)로 일관해 왔는데, 어느 한쪽으로 치우치지 않는 공자의 중용지도(中庸之道)의 삶을 닮고 싶었기 때문이다.

일찌감치 중용사상을 접한 후 황희 정승을 사표(師表) 삼아 감히 그의 독특한 캐릭터를 흉내기도 했는데, 둥글둥글 모나지 않은 듯한 그의 삶을 따라 실천하며 살고 싶었다.

내가 좋아하는 황희 정승의 유명한 일화를 소개해 본다.

어느 날 계집종과 사내종이 다투다 황희 정승에게 옳고 그름을 판단해 줄 것을 청한다. 먼저 계집종의 하소(下消)를 듣고 난 황희 정승은 "네 말이 옳구나, 옳다." 한다. 곧 이어 사내종의 하소를 듣고 나서도 똑같은 대답을 한다.

방 안에서 그 말을 듣고 있던 부인이 기가 막혀 "이쪽이면 이쪽이고, 저쪽이면 저쪽이지, 어찌하여 이쪽도 옳고 저쪽도 옳다고 하는가?" 묻자, "당신 말도 옳소." 했단다. 그의 엉터리 대답은 세상을 떠날 때까지 18년간 영의정 자리를 지킬 수 있었던 포용력과 균형감으로 상생의 정치를 추구한 지혜로 알려져 있다. 이래도 좋고 저래도 좋다는 호인(好人)의 모습이 아니라 고도술수의 정치가, 고수(高手)의 판단력의 결과가 아니었을까 짐작해 본다. 아첨하거나 교만하지 않고 안절(安節)과 중정(中正)의 정신으로 노회한 경륜이 엿보인다.

무슨 일이나 극단에 흐르지 않고 과격에 치우치지 않으며, 모자라지도 지나치지도 않는 적정의 상태를 의미하는 중용이야말로 동서고금을 꿰뚫는 우리 삶의 철학이자 지혜일 듯하다. 중용(中庸)과 중간(中間)은 같은 듯 다르다.

변하지 않고 익숙한 자리를 지키는 것이 '중간'이라면, 중용은 변화하며 무엇이든 정도에서 벗어나지 않는다. 단순해 보이지만, 부단한 노력이 필요한 과정이다.

꾸준한 마음수련을 통해 한쪽으로 치우침 없이 균형 잡힌 삶을 추구하는 일이야말로 중용의 도(道)를 좇아 사는 조심스러운 자세일 것이다. 나만 옳다 생각하고 다른 의견은 아예 들으려고도 하지 않는 세태가 만연한 이즈음, 한 번쯤 음미해 볼 '엉터리 판결'이 아닐까 싶다.

세파에 휘둘리지 않고 중심을 다잡으며 조심스럽게 살아왔으나, 인생시계는 포르테의 속도로 질주해 쏘아놓은 화살처럼 내 곁을 스쳐 지나간다. 어느덧 머리칼도 은발이 되었다. 하루가 다르게 몸이 무겁고 움직이기 귀찮아져 점점 게을러진다. 깜박깜박 정신줄을 놓기 일쑤고, 반응도 한 박자씩 느려져 종종 중요한 일들을 놓치곤 한다. 때로는 그런 변화가 낯설어 난감할 때도 있다.

아직도 속은 엉뚱함이 깃든 천진무구, 이팔청춘의 감성인데 거울 속 내 모습은 쓸쓸한 눈빛의 낯선 늙다리이다. 영원히 늙지 않을 것처럼 살았는데 몸은 딱딱하니 석회질로 굳어가고, 주름이 자글자글하게 자리 잡았다. 고단한 삶을 지나온 흔적이 묵직하게 번진다.

눈부신 청춘의 시간을 지나고 나서야 청춘의 소중함을 새삼 되새긴다. 한창 즐겨 할 청춘이 어느새 폭삭 늙어버렸다. 늙는 건 한순간이구나 싶은 서러운 탄식이 새어 나온다.

소중함도 모른 채 그 시절을 보냈다는 아쉬움과 지금의 청춘들 또한 나와 같은 실수를 반복하고 있는 것은 아닌지 안타까운 마음이 앞선다.

나이는 숫자에 불과하다는데…. 맘이 다 낡았나 어김없이 춘하추동 계절이 바뀌는 것도 감흥 없이 보아 넘기게 되고, 그간의 호불호에도 슬그머니 변화가 생겼다. 이제는 단번에 시선을 빼앗는 화려한 색감의 그림보다는 짙고 엷음이 두드러지지 않는 정적이고 고요한 수묵화가 좋아지는 것을 보면, 인생 단풍이 깊게 들긴 들었나 보다.

마음 자세를 바꿈으로써 내 삶도 바꿀 수 있다고 변화를 꾀해 보려 애쓰지만, 수시로 바뀌는 변덕에 하루하루를 어떻게 보내야 할지 갈피를 못 잡을 때는 그저 막막하기만 하다. 이미 굳을 대로 굳어버린 습관과 변화해 보려 해도 바로 제자리로 되돌아가는 관성이 무섭다. 사람 쉽게 안 바뀐다는 말이 생겨난 이유를 알 것도 같다.

나를 둘러싼 주변을 꼼꼼히 따져봐야겠다. 낭비를 줄이고 촌음을 아끼는 방법으로 삶의 변화를 꾀해야겠다. 굳어 삐걱대는 삐딱한 목에 윤활유를 넣고 전후좌우로 돌려 매끄럽게 하며 워밍업해 본다. 움츠러들었던 생활에서 벗어나 세상과 소통하며 다양한 문화생활로 활동량을 늘려야겠다고 마음먹는다.

세상을 살며 자유로워지고 싶다면 솔직해지는 것이 우선이다.

꿈을 향해 앞으로 달려 나갈 수 있는 힘은 이성이 아니라 희망이며, 두뇌가 아니라 심장이다. 나는 누구인가?

별명은 아웃사이더이고 취미는 보는 것, 듣는 것, 노는 것이다.

한 발 더 깊이 들어가 나를 돌아보면 때로는 짜증도 잘 내고 상대방을 무안케 하는 말도 종종 서슴지 않는다.

내세울 것도 별로 없고, 아둔하고 멋진 구석도 하나 없는 사람이다.

허세 부리며 강한 척 큰소리치기도 하지만 속마음은

여리다.

눈물도 웃음도 많아 주체할 수 없는 감수성으로 변덕을 부리기도 한다.

무언가에 한 번 빠지면 잘 헤어 나오지 못하고, 바보스러울 정도로 사람을 쉽게 믿기도 한다.

자기만의 세계를 좋아하고 은밀하고 신비스러운 것을 탐하며, 잘못을 저지르고 돌아서 금방 후회하기도 한다.

한번 냉정해지면 무서운 면모를 보이기도 하고, 때론 욕심이 많아 보이기도 하지만 알고 보면 소박한 마음의 소유자이다.

외로움을 잘 타고, 아직은 다른 사람의 상처보다 내 상처가 더 중요한 사람,

싫어도 싫다고 말하지 못하고, 좋아도 좋다고 잘 드러내지 못하는 사람,

혼자서 잘 놀지만 혼자 있으면 누구보다 외로움을 타는 사람.

그러나 나, 참 괜찮은 남자다.

잘 웃을 줄 알고,

잘 울 줄도 알고,

힘들 때 기댈 수 있는 친구도 있고
상처 따위는 혼자 삭힐 줄 아는 재주도 있고
나한테 상처 준 사람은 미워할망정 오히려 걱정하는 참
괜찮은 구석이 있는 남자다.

아무 생각 없이 사는 것처럼 보여도
마음속으로 다 계산해 놓고 밤새 고민할 줄 아는 남자
이기도 하다.

사랑할 줄 아는 남자고
사랑받고 있는 남자다.

마음에 없는 빈말, 듣기 싫은 뒷이야기
살짝 떠 보이는 말, 모르면서 아는 척
어쭙잖은 아부, 다 보이는 거짓말
어중간한 감정, 쓸데없는 호기심
가식적인 웃음, 머리 굴리는 만남
이런 모습이면 사양이다.

진실한 마음을 원하는가.
가슴이 움직이고 마음이 따뜻해지고
심장이 웃어주는 쪽을 만나고 싶다.
우정이든 사랑이든 이웃이든 간에
진실함이 담긴 마음을 가진
사랑의 가치를 아는 사람을 만나고 싶다.

어찌 되었건
사알짝 미치면 인생이 즐겁다.

낙낙(樂樂)한 인생

　나와 비슷한 또래들은 은퇴 후, 대개 비슷하게 시간을 보낸다. 밥벌이하느라 그동안 미뤄두었던 일들에 도전하는가 하면, 혹자는 자격증을 따기 위해 뒤늦은 학구열을 불태우기도 한다. 그도 저도 시들해지면 가까운 사람 몇몇이 모여 술을 하거나 골프를 치는 등 교류하며 지낸다.

　한데 나는 밀밭만 가도 취하는 사람이라 술은 거의 하지 못한다. 즐기는 운동도 그저 가벼운 산행과 트래킹, 자전거 타기 정도이다. 테니스, 축구, 골프 같은 운동에도 그다지 관심이 없다. 대체로 공으로 하는 운동에 별로 흥미가 없는 편이다. 취미라면 그저 드라이브와 음악 감상 그리고 일상의 흔적을 끄적이는 일 정도이다. 어떻게 보면 무취미의 재미없는 사람이라 할 수도 있다.

　그도 그럴 것이 내 관심과 취미가 사람들과 어울려 하는 것보다 주로 혼자 하는 것에 익숙하기 때문이다. 세상을 살며 질곡(桎梏)의 깊은 좌절에 빠질 때면 으레 호연

지기(浩然之氣)와 서벽(書癖)에 빠져 현실의 난관을 이겨
내곤 했다. 특히 『장자』를 비롯한 『논어』, 『맹자』, 사마천
의 『사기』, 『손자병법』 등 동양고전 속 지혜는 가치관의 혼
란을 견디고 지혜를 터득할 수 있는 용기와 힘의 원천이
되었다.

『논어』 「옹야편」에 "아는 것은 좋아하는 것만 못하고, 좋
아하는 것은 즐기는 것만 못하다(知之者不如好之者, 好之
者不如樂之者)"는 구절이 있다. 피할 수 없으면 즐기라는
말로 표현하기도 한다.

한마디로 즐기는 것이 최고의 덕목이라는 이야기인데,
요즘은 그 말을 비틀어, "즐기는 사람도 운 좋은 사람한
테는 못 당한다(樂之者不如運之者)"고 이야기한다. 아는
사람도, 좋아하는 사람도, 운 좋은 사람한테는 못 당한다
는 말인데 웃자고 하는 소리지만, 마냥 웃을 수만 없어 뒷
맛이 쓰다.

'누구의 찬스'니 '우주의 기운'이니 하는 말로 전혀 과학
적이지도 않고, 공감할 수도 없는 이야기들이 현실이 되
고 보니 어지러운 세상사일 뿐이다. 어쩌다 벼락같은 행운

을 얻은 사람 앞에서는 다 부질없다는 말이니, '운지자(運之者, 운 좋은 사람)' 앞에서 '낙지자(樂之者, 즐기는 사람)'는 명함도 못 내미는 세상이 되고 말았다.

내친김에 하나 더 하자면 세 살짜리 아이들도 다 아는 "뛰는 놈 위에 나는 놈 있다."라는 속담은 현대판에서는 '나는 놈 등 뒤에 붙어 가는 놈 있다'며 웃픈 현실을 꼬집기도 한다.

세상에 떠도는 이야기야 어찌 되었건, 성실히 움직여 하나씩 이뤄온 우리들은 인생을 사는 데 즐기는 것보다 더 좋은 해법을 여전히 잘 모른다.

그동안 빠르게 변하는 세상의 속도에 맞춰 사느라 우리는 늘 바빴다. 바쁜 세상을 사느라 즐길 겨를도 여유도 없었다. 속도 경쟁에 내몰려 현재에 머물지 못하고 여유 없이 종종거리며 살아왔다.

오로지 부와 성공만이 삶의 중요한 척도가 되어버린 세상, 성공한 삶의 평가가 너무 단순한 건 아닌가 싶은 생각이 들 때도 있다. 많은 긍정적인 덕목을 갖고도 스스로 '가진 게 별로 없다'고 한탄하는 것도 그런 이유와 관련이 깊은 듯하다. 그래서 사람들은 더 많이 가지기 위해, 더 오래 살기 위해 아등바등 삶을 지키기에 급급하다.

나 역시 젊은 시절 개미처럼 부지런히 앞만 보고 달려왔기에 낭만을 좇으며 화려하게 보내지 못한 아쉬움, 윤리적인 삶을 살아야 한다는 강박 때문에 정작 내가 무엇을 원하는지조차 모르고 지내왔다.

인생을 펼쳐서 멋진 삶이 무엇인지 미리 알 수 있다면 얼마나 좋을까 싶지만, 그런 일은 일어나지 않는다. 만약 행복하게 사는 게 무엇인지 미리 안다면 후회할 일은 조금 줄어들 수 있겠지만, 또 다른 재미를 놓치게 될지도 모를 일이다. 어찌 되었건, 명쾌한 해답을 모르니 내 나름의 경험과 탐구 끝에 얻은 생각은, 행복이란 결과나 드문 성취가 아니라 일상의 소용돌이 속에 즐기는 과정이 아닐까 싶은 생각이 든다.

"우리의 영혼은 지상의 아름다움을 통하지 않고는 천국에 이르는 계단을 찾을 수 없다"고 미켈란젤로는 말했다. 그렇다. 이 세상이 최고의 파라다이스이다. 삶의 아름다움, 이 모든 것이 지상에 있는데 어찌 예서 머물고 사랑하지 않을 수 있을까? 누구에게나 단 한 번뿐인 소중한 인생이다. 신나고 멋지게 아름다운 세상을 유감없이 당당하게 살아가야 할 것 같다.

꽃은 피어야 향기가 나고, 바람은 불어야 시원하고, 인생은 즐겨야 행복하다.

『시경』에 "연비어약(鳶飛魚躍)"이라고 했다. '솔개가 하늘을 날고 물고기가 물속에서 논다.'라는 뜻으로, 세상이 제자리에 있을 때 조화를 이룰 수 있다고 했다. 만물이 저마다의 법칙에 따라 자연스럽게 살아가면 전체적으로 천지의 조화를 이루게 되는 것이 자연의 오묘(奧妙)한 도(道)라는 뜻이니, 하물며 인간이 이 좋은 세상에 태어나 인생의 아름다움을 위해 어찌 즐겁게 살지 않겠는가?

꼭 가진 게 많아야지만 명품 인생을 살 수 있는 것은 아니다. 부자 인생의 절대적인 기준도 따로 없다. 그저 내가 하고 싶은 일을 하며 물리적으로 그 일을 할 정도의 여력이 있고, 그 일을 통해 사회적으로 인정받으며 나는 부자라고 스스로 자부심을 가지면 된다. 나 스스로 귀하게 여길 줄 알면 다른 사람들에게 꿀릴 게 없다. 자기 일을 위해서 숨을 쉬어야 하며, 그 일을 즐기면 그만이다.

인생의 전반기는 내 의지와 관계없이 구속과 제약이 따

르는 삶을 살았지만, 더 이상 거추장스러운 체면이나 가면은 벗어버리고 앞으로는 장자가 던진 화두처럼 나 자신의 진정한 자유를 추구하며 살고 싶다.

삶이란 오직 이 순간, 즉 현재라는 찰나의 시간 속에서만 존재하기 때문이다. 과거는 이미 지나갔고, 미래는 아직 오직 않았다. 오직 존재하는 것은 현재다. 짧은 인생, 다투고 사과하고 가슴앓이하고 해명할 시간이 별로 없다. 우리가 진정으로 살 수 있는 시간은 지금, 이 순간뿐이다. 우리가 이 순간을 놓친다면 결국 삶과의 약속을 어기는 것이다. 우리의 삶이 힘겨운 까닭은 현재를 제대로 살지 못하기 때문인지도 모른다.

주어진 시간이 그렇게 많지 않다는 생각이 들 때면 마음이 조급해진다. 아까운 시간을 의미 없는 일에 힘 빼며 보내게 될까 봐 걱정이 앞선다.

벤자민 프랭클인은 "삶이 비극적인 것은 우리가 너무 일찍 늙고 너무 늦게 철든다는 점"이라고 말했다. 흘러간 강물처럼 지나간 젊은 날은 다시 오지 않는다. 이미 쏘아버린 화살처럼 잡지도 못할 세월을 쫓지 말고, 체념하고 느릿느릿 천천히 가면 세상이 더 보인다. 느려야 훨씬 잘 보인다. 그 속에서 많은 시행착오 끝에 깨달음을 맛보고 희열을 느낄 수 있다.

깨달음이란 무엇에도 얽매이지 않는 완전한 자유다. 마음이 편해야 정말로 흠 없이 단순해질 수 있다. 삶의 자세도 낙천적이고 긍정적인 게 좋다. 그리고 많이 웃어야 한다. 찡그린 얼굴에 고민과 스트레스가 많으면 맛있는 것을 먹어도 소화가 안 되고, 여지없이 체증(滯症)이 걸리고 만다.

티벳 속담에 "걱정해서 걱정이 없어지면 걱정이 없겠네."라는 말이 있다. 걱정한다고 걱정이 사라질 거면 아무런 걱정이 없겠지…. 우리는 너무 많은 걱정을 하며 산다. 걱정을 사서 할 정도이다. 걱정한다고 해서 일이 해결되지도 않는다. 오히려 초조하고 불안한 마음은 일을 더 어렵게 만든다. 걱정하면 또 다른 걱정이 쌓여 꼬리만 물고 올 뿐이다.

운이 나쁠 때 또 별 탈 없이 일이 진행될 때조차도 막연한 생각으로 불안해한다. 이런 태도는 일의 흐름을 오히려 나쁘게 하고, 악순환을 초래한다. 그러니 호운을 불러들이려면 우선 마음을 편안하게 하자. 부정적인 생각이 아니라 잘 될 것이라고 스스로 격려하자.

앞으로는 속도보다 중요한 것은 방향이다. 늦어서 실패하는 사람이 있고, 너무 빨라서 일을 망친 사람도 있다. 속도에는 욕심이 있다. 그러나 중요한 것은 방향이다. 방향이 있는 삶, 목적이 이끄는 삶, 절제가 있는 삶에는 실패가 없다.

누에가 자기가 만든 고치에 갇혀 괴로워하듯 우리는 우리가 만든 편안함만을 누리려는 생각의 울타리에 갇혀 자신을 놓치게 된다. 마음만 먹으면 얼마든지 멋진 결과를 만들 수 있다는 사실을 쉽게 놓친다. 정작 소중한 것을 놓치고 행복이 뭔지 잊고 산다.

돌아보면 나 역시, '마음의 여유'가 없어 얼마나 힘들었던가. 지금에서야 돌아보니 앞만 보고 살다가 시들어 버린 할미꽃이 되어버렸다.

오래된 속담 중에 "자기가 느끼는 만큼이 그 삶의 나이"라는 말이 있다. 인생은 나이로 늙는 것이 아니라 이상의 결핍으로 늙는다. 세월은 피부에 주름을 보태지만, 열정을 잃으면 영혼에 주름이 진다.

만사가 귀찮고 새로운 것을 보면 겁부터 난다면 생물학적 나이와 관계없이 내가 나이 들었다는 뜻이란다. 싱싱한 청춘인데도 생각과 마음이 뻣뻣하게 굳어버린 사람이 있는가 하면 초로의 황혼인데도 희망과 활기가 넘쳐 작은 일에도 감동할 줄 아는 유연하고 긍정적인 사람도 있다.

'회춘광'이 되어서 나이와 상관없이 자유자재로 활용할 수 있도록 정신의 유연함, 내면의 생기, 평생 가져야 할 깨인 마음가짐은 어떤 비타민보다 강력한 젊음 유지의 비결이다.

어느새 황혼의 나이가 되었지만 나 역시 풍류를 즐길 줄 알며 제대로 꽃을 볼 줄 아는 여유를 찾으니 마침내 닫혔던 인생이 새롭게 열리는 듯하다. 퇴영(退嬰)적이고 편협한 편견을 뚫고 창조적으로 나갈 수 있는 잊혔던 한량의 본성이 되살아남으로써 활기를 되찾는다.

황혼의 단풍이 곱게 물든 우리에게는 시간이 그렇게 많지 않다. 마음에 쉼표를 찍고 인생 배낭 속에 무겁게 자리한 미혹의 집착을 없애고 최대한 가볍게 즐겨야 한다.

결국 '인생은 한바탕 꿈'일 뿐이다. 허망할 수도 달콤할 수도 있는 꿈이지만, 이왕에 꾸는 꿈이라면 내 의지대로 할 수 있다면 좋지 않을까? 삶이 유연하고 합리적으로 꾸려져 기쁨이나 분노에도 크게 흔들리지 않고 훌훌 털어낼 수 있는 낙지자(樂之者) 인생을 추구하며, 명품 인생을 살고 싶다.

찰리 채플린의 "웃지 않고 보낸 날은 실패한 날이다."라는 말을 마음에 담고, 얼굴을 활짝 펴고 푼수같이 정말 웃고만 살아갈 수 있도록 조금씩 여유를 찾는다.

욕심 없는 마음으로 하루하루 의미 있게 보내면 그 과정이 모여 삶이 아름다워지는 것. 인생은 꾸미는 것이 아니라 즐기면서 잦은 자족의 시간을 축적해 나가는 과정이다. 그래서 나는 오늘도 멈추고 음미한다. 행복해지기 위해서.

우리에게 주어진 시간이 그렇게 많지 않다. 즐거울 '樂' 속에 살아가자.

제 2 장

서벽(書癖), 진리

"최인호의 소설 『상도(商道)』에 나오는 조선 거상(巨商) 임상옥의 '넘침을 경계하는 잔'이라는 '계영배(戒盈杯)'를 그려내며 그저 허기심, 실기복(虛基心, 實基腹)이라 마음은 비우고, 배는 든든하게 살자…."

은퇴 후 소회

매일매일 '고백'하고 사는 남자, '고독한 백수'다.

오늘도 고백하며 산다. 특히 양평에서는 묵언과 묵상 속에 무미건조하게….

그래서인지 요즘 흔히 말하는 '혼놀족'이 되다시피 했다. 막상 어깨를 짓누르던 계급장도 떼고 명함도 버리고 나니 그동안 누려왔던 든든했던 조직 생활이 아쉬울 때도 더러 있지만, 나를 위해 조용히 보내는 시간이 많아서 마음만은 홀가분하다.

그 외에는 은퇴 전과 별반 차이가 없다. 다람쥐 쳇바퀴 돌 듯 규칙적인 출·퇴근만 없을 뿐 아웃사이더의 영혼은 자유롭게 살아 숨 쉬고 있다. 그동안의 환경변화의 짧은 경험을 통해 터득한 것이 있다면 비움이다. 하나를 얻으면 하나를 비워야 한다는 평범한 진리를 새삼 깨닫게 된다.

지금의 형편은 쓸데없이 휩쓸린 생활보다 남 눈치 보지 않고 혼자 즐기는 편이 낫다는 생각에 체면 따위는 아랑곳하지 않고 자연스럽게 혼놀족에 맞춰져 버렸다. 다만 은퇴 후에는 '다운사이징'이 필요해 돈 새는 구멍부터 찾아내야 하는 고민에 빠졌다. 들쭉날쭉하던 수입이 바뀌어 주로 연금에 의존하고 있으나 은퇴 전보다 상대적으로 시간이 많아지니 여가 비용을 포함한 씀씀이 규모는 오히려 커졌다. 조금 쌓아둔 돈을 곳간의 곶감 빼 먹듯이 살금살금 빼먹고 있는 격이다.

행동반경은 적응된 혼놀족으로 이곳저곳 맛과 멋을 찾아 살피는, 게으를 정도로 느릿느릿하고 편안한 생활에 익숙해져 어떨 때는 사람들 만나는 것조차 낯설고 어색할 때가 있다. 그렇게 하루하루를 여유 속에 바쁠 것 없이 살다 보니 뭔가 허전한 가운데 가끔은 새로운 것을 취하고 싶은 욕구가 꿈틀댄다. 그럴수록 담백하고 여유롭게 살려는 의지와 상충 되어 머리가 아프다. 탐욕을 버리라는 경고의 신호일 텐데, 사람의 욕심은 끝이 없다. 절제하고 비워내는 지혜의 도량을 길러야겠지만 아직은 그 경지에 도달하지 못해 끙끙대고 있다.

사실, 은퇴를 앞둔 몇 년 전부터 로망을 차분히 실행에 옮겨왔다. 대체로 그 과정과 현재에 만족하지만 때로는 변덕이 일기도 한다. 간혹 번화한 거리와 복닥복닥한 조직 생활의 향수가 시시때때로 나를 끌어당긴다. 100세 시대에 여기서 안주할 게 아니라 또 다른 꿈을 향해 부단히 움직여야만 할 것 같은 조바심이 들 때도 있다.

갑자기 숙종 때 시조시인 김천택의 "부디 긋지 말고 촌음을 아껴 쓰라"는 구절이 떠오른다. 지금은 하릴없이 즐기는 데 몰두하느라 마음껏 자유를 만끽하지만, 여유로움의 즐거움도 익숙함이 무섭다고 했던가. 인생을 강물처럼 덧없이 흘려보낼수록 마음 한편이 불안해지면서 또 다른 병리 현상이 생겨난다.

이러다 외로움을 병처럼 달고 살면 안 될 텐데…. 안주하는 것과 달리 뭔지 모를 응어리, 풀리지 않고 뭉쳐 단단해지는 홀로 떨어진 듯한 쓸쓸함이 깊어 간다. 고독은 홀로 있지 못함이 아니라 홀로 있는 자유라고 스스로 위안 삼아본다.

주위 사람들을 보면 은퇴 후에도 왕성한 활동으로 열심히 소일거리를 찾는가 하면, 새로운 취업을 통해 사회활동을 이어가는 사람도 있다. 물론 뭐가 좋다거나 나쁘다고 할 수는 없지만, 한 가지를 가지면 다른 한 가지가 더 생각나는 사람의 속성은 어쩔 수 없나 보다. 하루빨리 이 굴레에서 벗어날 수 있도록 가끔은 하루를 지금과는 다르게 활용할 방법을 찾아보는 것도 나쁘지 않을 것 같다. 체력이 닿는 한 언제나 부지런히 삶의 변화를 추구해야겠다.

상선약수(上善若水), 노장사상에서 물은 만물을 이롭게 하면서도 다투지 않는 세상 으뜸가는 선의 표본이므로 우리에게도 물과 같이 지극히 살길 권하는데, 내려놓고 물처럼 흐르며 단순하게 삶을 산다고 하지만 텅 비어가는 머리와 현실이 뭔지 모를 적적함을 불러일으킨다. 심지어 가까운 사람들마저 돌아앉은 모습이다. 심신이 점점 더 쇠락해져 간다. 다만 알량한 자존심만은 잃지 않기 위해 버둥댄다.

아웃사이더의 등 뒤에서 번쩍이던 나름의 아우라마저 차츰 사라져 가는 현상이 슬프게 한다. 한순간 맥 빠진 것처럼 시시하고 보잘것없이 초라해진 노인으로 변해버린 것 같다.

바람이 이리저리 긴 머리칼을 붙들고 어지럽힌다. 습관처럼 쓸어내려 봐도 바람 따라 흔들리는 내 몸까지 휘청거리는 것은 왜일까? 가슴까지 파고드는 공허한 기분은 그만큼 기력이 쇠하고 가벼워진 탓은 아닐까?

감각도 둔해지고 풀 먹인 셔츠 깃처럼 빳빳하던 내 자존심마저 흐물거린다. 나한테도 분기탱천하던 시절이 있었던가?! 이런 내가 우스운지 바람은 심술궂게 내 가슴팍을 헤집는다. 함악정(含樂亭) 처마 끝에 매달린 풍경(風磬) 소리가 내 영혼을 부르는 소리 같아 움칫 놀래곤 한다.

늙은 독수리는 하늘을 봐도 훨훨 날 수 없다. 힘껏 용을 써도 비행 능력이 신통치 않아 높이 오르지도, 멀리 날지도 못하고 이내 주저앉는다. 세월을 이기는 장사가 없듯 가을이 깊을수록 쓸쓸함이 더하고 하루가 다르게 기력은 떨어지고 생각마저 정체돼 모든 것이 귀찮고 답답하기만 하다. 시름은 깊어 가고 심신이 피폐해져 여기저기 쑤시고 아프다. 마치 고인 물이 썩어 창궐하는 것처럼…. 새로운 활력이 절실하다.

강한 비라도 쏟아져 웅덩이를 씻어낼 수 있다면, 아니 물처럼 흐를 수만 있다면 좋으련만 등에 진 짐들이 감당키 어려울 정도로 무겁게만 느껴진다.

"앵무새가 아무리 말을 잘한다고 해도 자기 소리는 한마디도 할 줄 모른다"고 한 법정스님의 말이 떠오른다. 오지 랖 떨면 뭐 하나, 자기 앞가림도 제대로 못 하면서….

이쯤에서 자신을 살펴야겠다. 은퇴 후에 중요하게 깨달은 것을 소개해 본다.

첫째로 진정한 영혼의 자유를 찾아야 한다.

이제는 돈보다 자유, 의미에 비중을 두며 자기 일을 창출해야 한다.

'돈, 의미, 그리고 자유(money, meaning, and freedom)'는 사람들이 일하는 데 동기를 부여하는 세 가지 요소이다. 이전까지는 먹고사는 일이 급해 자유와 의미에 큰 비중을 두지 않고 일해 왔지만, 앞으로는 자유와 의미를 추구하는 것이 성공으로 가는 지름길이 될 것 같다.

자신만의 능력을 발전시키고, 이를 통해 가치 있는 기회를 추구하는 것에 초점을 맞추라는 의미이다. 남을 위해 일하고 돈을 버는 것이 아니라 스스로 자기 일을 창출하는 자신의 비즈니스를 구축해야 한다. 부를 쌓는 레버리지 포인트가 바뀌었다. 지레를 사용해 적은 힘으로도 바위를 들 수 있듯이 상황을 받아들이고 미래의 변화를 극대화하는 전략이 필요하다.

둘째로 '지음(知音)'이 없다.

수필가 피천득 선생은 「인연」 중에서 "어리석은 사람은 인연을 만나도 몰라보고, 보통 사람은 인연인 줄 알면서도 놓치고, 현명한 사람은 옷깃만 스쳐도 인연을 살려낸다"고 했다. 인생을 살며 진정한 세 사람을 얻으면 성공한 삶이라 이야기하는데, 단 한 명일지라도 지음(知音)이 없다는 것이 안타깝다. 지음이란 소리를 알아듣는다는 뜻으로 자기의 속마음을 알아주는 친구를 이르는 말이다. 내 허물이 커서인지 서툰 인생을 산 것 같아 아쉬운 마음이다.

그러다 보니 별수 없이 오래전부터 찾아 익숙해진, 언제나 나를 반갑게 받아주는 양평 산하가 친숙한 내 친구다. 비록 남들이 알아주지 않아도 스스로 자족할 줄 안다는 공자의 공곡유란(空谷幽蘭)의 뜻을 헤아리며 벽계천 'Belongs To Outsider'에서 스페이스텔링으로 시름을 달래고 있다.

가끔 지인들이 찾아주면 함악정(含樂亭)에 옹기종기 모여 앉아 숯불에 삼겹살을 구워 먹으며 두런두런 구수한 이야기꽃을 피우곤 한다. 그렇게 시류(時流)를 논하고 풍류(風流)를 즐기며 교유(交遊)해 가며 세파에 찌든 시름을 날린다. 내가 맘 놓고 자유롭게 숨 쉬는 더없이 편안한 행복의 공간이자 무릉도원이다.

복닥복닥 종잡을 수 없는 변화무쌍한 삶 속에서도 비우면 비로소 보인다고, 때론 노는 시간을 가져야 한다. 영원한 젊음의 비결이다. 그리고 하루씩 완결하는 습관과 단순한 삶이야말로 높은 의식의 길잡이다. 내 마음이 편해야 주변도 보이고 너그러워질 수 있다. 그래야만 옆 사람을 사랑할 수 있는 마음도 생긴다. 이 모든 노력이 사랑으로 완결시키는 것이다. 사랑 외에는 삶을 완결시킬 수 있는 길은 없다.

셋째로 익숙함에 속아 소중함을 잊지 말자.

평소 좋아하는 중요한 깨우침이다. 가족이든 지인이든 혹은 물건이든 어떻게 항상 새롭기만 할까? 시간이 지나면 매력보다는 단점이 먼저 보이고, 괜히 시큰둥해져 삶이 외롭고 피폐해진다. 그리고 정작 필요할 때는 내 주변에 아무도 남아있지 않다는 사실을 깨닫게 된다. 그래서 주변을 챙기는 것이 쉬운 듯 보여도 매우 어려운 일이다.

김수민의 에세이 『너에게 하고 싶은 말』에서는 가까운

옆자리의 소중함을 일깨워준다.

"가끔 사람들은 곁에 있는 사람이 얼마나 특별한 사람인지 몰라요. 가까이 있을 때는 소중함을 잘 깨닫지 못합니다. 잃고 나서야 후회하게 돼요. 멀어졌을 때 뒤늦게 깨닫지 말고 곁에 있을 때 잘해주세요. 오늘이 마지막인 것처럼. 정말 소중한 사람은 한결같이 내 곁에 있는 사람이에요."

소중하면 그걸 꼭 알고 있어야 한다. 고마워해야 하고, 함부로 하면 안 된다. 무슨 일이 있어도 놓치지 말고 상처도 주지 말아야 한다. 옆에 있을 때 깨닫지 못하면 끝이다. 사람들은 당연하다고 생각하는 것에 익숙해지면 따뜻한 존재를 쉽게 잊어버린다. 가족이 옆에 있다는 것, 친구가 옆에 있다는 것을 너무도 당연하게 생각한다.

그 존재들이 사라졌을 때를 생각해 보면 당연함의 무서움을 알게 될까?

누구나 시간이 지나면 익숙함을 핑계로 서로한테 소홀해지기 쉽다. 가장 먼저 소홀해지는 것이 사람들과의 '연락'일 것이다. 연락은 상대방에 대한 '관심'에 비례한다. 연락을 원하는 것이 아니라 적어도 내가 사랑하는 사람에 대한 예의를 지키는 일이다.

사랑이란 감정은 시간이 지날수록 설렘 대신 편안함으로 자리 잡는데 설렘 없는 사랑을 어쩌란 말이냐고 따지는 사람들도 있다. 아침에 일어나서 세수하고 밥 먹고 일하고 돌아와서 씻고 자고 하듯 일상의 한 부분으로만 여겨, 평상시엔 그저 당연한 존재로만 생각하고 어떨 땐 귀찮아하며 하루가 멀게 아웅다웅 다투기도 한다.

사랑하는 사람이 아니라 '웬수'라고 소리치다가도 어느 순간 문득 그 사람 뒤통수를 바라보며 저 사람이 내 옆에 없다면 어떨까 생각해 보면 가슴이 찡해지고 코끝이 시린 경험을 했을 것이다. 그게 바로 사랑이다.

늘 나를 도와주려는 이는, 빚진 게 있어서가 아니라 진정한 친구로 생각하기 때문이며 늘 안부를 보내주는 이는, 한가하고 할 일이 없어서가 아니라 마음속에 늘 당신을 두고 있기 때문이다.

넷째로 관심사가 같은 사람과 관계를 돈독히 하자.

은퇴하면 사람도 짐, 전화번호부 정리가 필요하다. 일로 만들어진 관계를 정리하고 새로운 모임을 만드는 것이 좋다. 막연한 친목 모임보다 공부 모임이나 봉사 활동이 바람직하다.

희미해지는 은퇴 전 인간관계. 흔히 사람들은 사회에서 맺은 인간관계가 지속될 것으로 생각한다. 그러나 은퇴하면 이해를 바탕으로 한 관계는 모래성과 같아서 만남의 기회가 줄어들고 희미해지며, 종국에는 끊어지기도 한다. 그렇다고 동네에 마땅히 아는 사람도 없다. 그래서 은퇴자가 눈을 돌리는 것이 그동안 뜸했던 동창회다.

동창들은 같은 추억을 공유하고, 그들 또한 얘기 나눌 상대가 필요해 처음엔 잘 어울린다. 그러나 시간이 갈수록 가치관이나 관심사가 다르다는 것을 알게 되고, 어떤 때는 정치적 견해차로 다툴 때도 있다.

지난 이야기를 들어주는 것도 한두 번이지 똑같은 얘기가 반복되면 만남 자체에 회의가 든다. 결국은 동창회에 나가는 빈도가 점점 줄어들게 된다. 시간이 흐르면서 자연스럽게 주변이 정리된다. 은퇴 후 인간관계도 만나는 사람이 많으면 좋을 것 같지만, 자칫 몸과 마음이 상하기 쉽다.

그렇다면 어떻게 정리하는 것이 좋을까? 사람마다 생각이 달라 일률적으로 판단할 수 없는 문제지만, 관심사가 같은 사람끼리 관계를 돈독히 하는 것이 좋다. 어느 정도 각자의 기준이 만들어지면 다른 사람이 나의 영역을 망가트리지 않도록 적당한 경계는 필요하다. 이 말은 나 역시 다른 사람에게 방해되어서는 안 된다는 의미다.

이렇게 관계가 정리되면 그때부터 남은 시간은 온전히 자신을 위해 쓴다. 자신의 경험을 바탕으로 기록을 남기는 것도 좋은 방법이다. 은퇴 후에는 이처럼 여러 면에서 선택과 집중이 필요하다. 만날 수 있는 시간도 제한적이다. 그래서 관계도 정리가 필요하다.

밖에는 가을비가 추적추적 내린다. 이렇게 비가 내리는 날에는 샹송만큼 어울리는 음악도 없다. 특히 애절한 음색을 지닌 에디트 피아프(Edith Piaf)의 노래는 비극적이고 기구하게 살다간 자신의 생애가 그대로 녹아있는 듯해 더욱 애잔하다.

에디트 피아프의 전기를 다룬, 영화 제목이기도 한 「라비 앙 로즈(La Vie En Rose, 장밋빛 인생)」를 들으면 아이러니하게도 그 자신의 인생은 장밋빛이 아닌 굴곡 자체였다는 사실에 놀라게 된다. 누구보다 치열하게 열심히 살아온 아웃사이더이다. 바로 지금이 나의 장밋빛 인생은 아닐까?

인생의 매력은 결국 '나다운' 삶에서 나온다는 사실에
주목한다. 그러면 사람들의 시선과 발걸음이 나에게 모이
게 된다. 명품 인생으로 가는 과정이다. 그렇다. 모든 사
람은 스스로 자신을 완성해 가는 마에스트로와 같다. 철
든 맑은 영혼으로 충만한 삶이길 기대해 본다.

존망지추(存亡之秋)의 칠순

"I knew if I stayed around long enough, something like this would happen(한참을 우물쭈물하더니 내 진작 이리 될 줄 알았어)." 영국 극작가 조지 버나드 쇼의 유명한 묘비명이다. 주옥같은 작품으로 노벨상을 탈 정도로 이름이 알려진 작가지만, 정작 자신의 삶을 돌아보니 아쉬움이 컸던 모양이다. 그게 아니라면 너무 완벽함을 추구하느라 우물쭈물했던 것일까?

어느새, 우물쭈물하다 보니 나도 칠순이 목전이다. 요즘 들어 버나드 쇼의 묘비명이 머릿속을 떠나지 않는다. 젊어서부터 그 묘비명의 의미를 알았더라면 내 삶도 우왕좌왕, 좌충우돌 이리저리 헤매지 않을 수 있었을까?

혹자는 위의 묘비명을 '한참 (묘지) 주변에서 머물더니 이런 일(죽는 일)이 생길 줄 알았어.'라고 해석해야 옳다는 주장도 있다. 정확한 의미야 묘비명의 주인에게 물어야겠지만, 우리는 다만 이 글을 받아들여 지치고 피곤한 삶의 활력소로 사용하기를 바랄 뿐이다.

한 가지 더하자면 평범한 우리는 너무 완벽해지려고 애쓰지 말고, 일단 저질러보는 것도 나쁘지 않을 듯하다. 망설이다 때를 놓치면 그것만큼 억울한 일도 없을 테니 말이다. 실수 속에서 배운다고 완벽한 상황에서 시작할 수 있는 것은 별로 없다. 일단 시작하면 잘 보이지 않던 길이 생길 수도 있다. 처음 생각했던 길과는 다를 수도 있겠으나 그게 더 좋은 길일지 또 누가 알까. 여러 분야에서 다양한 삶을 경험해 보지 못하고 살아온 것이 유난히 아쉬움으로 남는 이즈음이다.

칠순, 지금의 나한테 가장 필요한 것은 무엇일까? 다시 힘을 내 앞으로 나갈 수 있는 힘찬 인생의 하프타임 휘슬은 아닐까. 스포츠 선수에게만 챔피언이 있는 것은 아니다. 우리네 인생도 챔피언이 있다. 정년퇴직하는 것도 영광스러운 챔피언이었다. 삶의 현장에서 밤낮으로 오랜 세월 쉬지 않고 일해 왔다. 눈이 오나 바람이 부나 일하는 것을 가장 큰 즐거움으로 삼다가 당당히 인생의 챔피언 벨트를 차고 갈채를 받으며 은퇴했다. 당시에는 그것이 내가 바라는 챔피언이었다.

그때가 엊그제 같은데 벌써 칠십이라니…. 인생 시계는 너무도 빠른 속도로 질주한다. 지금에 와 생각하니 그것은 전반기 아마추어급 인생의 챔피언이었다. 인생은 가속도가 붙어 멈출 줄 모르고 삶의 눈금은 빼곡하게 높이 차 올랐다.

칠십이라는 이미 예고된 인생의 갈림길에 도달하고 보니, 가슴의 한파가 노숙자의 시련처럼 실감 나게 다가온다. 이 한파에 쪼그라드는 어깨와 깊은 시름을 펼 수 있을는지, 이제는 내 삶을 다시 점검해야 할 '존망지추(存亡之秋)'의 시기에 접어들었다.

시간은 늘 새로운 모습으로 변화하고 순환적으로 움직이는데, 은퇴 후 그 흐름에서 다소 벗어나 있었다. 그동안 반복되는 일상으로 세상의 변화에 무디게 살아온 탓이다. 늙었다고 뒷짐 지고 있거나 뒷방 늙은이 행세를 하려 들면 낭패만 가져올 뿐이다. 이제 더 이상 머뭇거리지 말고 진정한 의미의 인생 챔피언을 향해 도전해야 할 때다.

물론 점점 나이 드는 게 두려울 때도 있다. 때로는 거울 보기가 주저된다. 거울 속 무미건조해진 낯선 표정의 나를 보노라면 소스라치게 놀라곤 한다. 머리가 백발삼천장(白髮

三千丈, 헝클어지고 형편없이 초췌한 얼굴)이 되어, 고독과 상실감에 둘러싸인 외로운 노인의 자화상을 보는 것만 같다.

거울 속 내 얼굴이 싫어지고 기분이 상하기도 한다. 돌아앉은 모습은 외롭고 마주 보는 흰 이마는 서럽다. 주름진 세월이 느껴지며 미묘한 감정선을 자극하기도 한다. 삶을 들여다봐도 여전히 어디로 가고 있는지 잘 모르겠다.

외로움이 사무칠 땐 대책 없이 방황하기도 한다. 갖고 싶은 것 다 갖고도 허탈한 기분을 떨쳐버리기 어렵다. 정서적으로 불안하니 메마름은 점점 더 심해지고 쉽게 피폐해지고 공허함도 덩달아 커진다. 진짜 노인이 된 듯 할 땐 기분이 더욱 요동친다.

혈기 왕성했을 땐 "인생의 가장 큰 영광은 한 번도 넘어지지 않는 데 있는 것이 아니라 넘어질 때마다 일어서는 데 있다"고 한 넬슨 만델라의 명언을 가슴에 안고 호연지기(浩然之氣)를 기르며, 갈피를 잡지 못하고 마음이 흔들리거나 시행착오로 넘어질 일이 생겨도 툭툭 털고 다시 일어섰다. 하지만 우리 나이에는 넘어지면 주저앉아 다시는 못 일어날 것만 같아 두렵다.

비록 늦었지만 이쯤에서 나의 삶을 돌아보며 나이 듦에

대해 생각해 본다.

공자는 "열다섯에 학문에 뜻을 두었고, 서른에 확고하게 섰으며, 마흔에는 의혹이 없었고, 쉰에는 천명을 알았으며, 예순에는 모든 소리에 통하고, 일흔에는 마음 내키는 대로 해도 법도를 넘지 않았다"고 했다.

공자와 같이 세상에 미혹되거나 의혹이 없고, 하늘의 뜻을 알게 되며, 듣는 모든 것의 순리를 알아차리고, 하고 싶은 대로 행해도 크게 문제 될 것 없는 삶은 어떻게 이룰 수 있을까? 이미 지나간 시간은 후회해도 소용없으니, 칠십 이후는 어떻게 살아야 행복할 수 있을까 하는 물음과도 무관치 않다.

미혹됨 없이 중심을 잡고 자신의 길을 가기 위해서 지금 나는 무엇을 해야 할까? 스스로 각성과 노력, 내적 수양으로 우러나오는 아름다움을 추구한다면 나아질까?

나이 들면서 현실이 어렵고 각박할수록 한 발 비켜 바라보는 생활의 지혜가 필요할 듯하다. 어려운 현실에 매몰돼 잘못된 선택을 하는 경우가 얼마나 많은가.

인생은 어차피 혼자 왔다 혼자 돌아간다. 혼자 있는 시간을 잘 보낼 수 있다면 우리 삶도 훨씬 풍요로워질 수 있다. 전광석화처럼 찰나에 불과한 것이 인생인데, 우리는 한 치 앞도 모른 채, 여전히 천 년을 살 것 같은 욕심으로 살아간 다. 소모적인 논쟁을 하고 의미 없고 부질없는 일에 사활이 걸린 듯 전력투구한다. 힘을 모아도 모자랄 판에 서로 잘났 다고 다투기 일쑤다. 나 역시 크게 다르지 않았다.

그렇다면 앞으로 남은 시간을 어떻게 현명하게 보내야 할까?

"외로움은 홀로 있지 못함이며, 고독은 홀로 있는 자유 다."라고 했다.

우선, 혼자 있는 시간을 잘 보내야 할 것 같다. 나이가 들수록 이런저런 이유로 혼자 있는 시간은 늘어날 수밖에 없다. 고독을 즐기는 방법을 모르면 내 삶이 불행하다고 느낄 가능성이 크다. 혼자 잘 지낼 줄 알아야 덜 힘들게 나이들 수 있다.

우리는 왜 외로움을 느낄까? 외로움은 쉽게 익숙해지지 않는 감정이다. 누구도 나를 도와줄 수 없고 나의 고통을 대신할 수 없을 때 외로움도 커지고 그동안 잘 못 산 것 같은 허무함에 휩싸인다.

혹자는 인간이 혼자 있을 때 가장 행복하다고 말하기도 한다. 진정한 행복은 우리 내면에서 오며, 행복을 위해 외부 요인에 의존해서는 안 된다고도 한다. 실제로 나이가 들수록 혼자 있는 시간이 많아지고, 혼자 있고 싶어 하는 사람들도 늘어나는 경향이 있다. 자연스러운 일이다.

혼자 있는 시간이 꼭 외로움을 의미하는 것은 아니다. 오히려 그 시간에 내 삶을 다시 살펴볼 수도 있고, 자신감을 키우며 자기 계발에 도움이 될 수도 있다. 노후에는 우리 삶의 우선순위를 반성하며 생각을 정리할 시간이 필요하기 때문이다.

대체로 혼자 시간을 보내는 삶은 화려하지는 않다. 삶에 대한 기대가 거창하지 않다면 소박한 행복을 맛볼 수 있다. 그 시간을 활용해 나만의 방식으로 즐기는 취미나 관심사를 가지는 게 좋다. 태초부터 고독한 존재인 우리가 고독과 친해질 수 있다면 예상 밖의 즐거움을 찾을 수 있다.

쇼펜하우어, 석가모니, 플라톤과 같은 인류의 큰 스승들도 혼자서 행복을 찾는 일의 중요성을 강조한다. 홀로 보내는 시간을 통해 자신의 감정, 믿음에 대해 생각해 볼 수 있으며, 삶을 돌아보고 향상시킬 수 있다고 믿었기 때문이다.

대표적으로 플라톤은 혼자 있을 때 비로소 삶을 반성할 수 있다고 믿었고, 자신도 고독을 즐겼다. 플라톤이 현대인들에게 전하는 메시지는 세 가지로 정리할 수 있다.

첫째, 플라톤은 혼자 보내는 시간이 있어야 진정한 내면과 연결될 수 있다고 생각했다. 고독과 함께 외부의 어떤 방해도 없이 자유롭게 생각하고 반성할 수 있으며, 내 생각과 감정을 돌아보고 더 깊이 스스로 이해하는 시간을 가질 수 있다고 했다.

둘째, 홀로 지내는 시간이 있으면 세상의 아름다움을 감상할 수 있다고 했다. 혼자 있을 때는 자연스럽게 주변을 둘러보게 되고 자연과 하나가 되는 것을 느낄 수 있다. 고독할 때 자연의 풍경과 소리에 더 잘 적응할 수 있게 된다. 곧 평화와 만족감이 찾아온다.

플라톤이 개인 명상을 통해 세상에서 아름다움을 찾을 수 있다고 믿었던 것처럼 나 역시 혼자 시간을 보내면서 삶이 주는 단조로운 기쁨에 감사하게 되고, 예상치도 못했던 일에서 아름다움을 찾곤 한다.

셋째, 혼자 있으면 재충전할 수 있고, 내 행복에 집중할 수 있다. 플라톤의 이야기처럼 나이가 들면서 육체적, 정신적으로 스스로 돌보는 일의 중요성을 깨달을 수 있다. 고독을 통해 나는 나 자신의 필요를 우선시하고 성장에 집중할 수 있다.

시간을 혼자 보낸다고 해서 사회성이 부족한 것이 아니다. 단지 세상을 바라보는 시간을 가지는 것일 뿐이다. 고독이 주는 위안에서 큰 가치를 발견한다. 노후에 혼자만의 시간을 보내는 것이 중요한 이유다.

나이 든 내 인생은 다 알 수가 없다. 그렇다고 누가 대신 살아주지 않는다. 중요한 건 혼자든 함께든 자신이 책임지며 의미 있게 나이 드는 것이다. 나랑 맞지 않는 일은 그냥 흘려보낼 줄도 알아야 한다. 인간관계도 마찬가지이다. 모두에게 사랑받으려다 상처받지 말고, 관계를 정리해야 할 사람은 포기하는 것이 좋다. 서로 기분 좋게 만날 수 있는 사람하고만 잘 지내려 해도 시간이 너무나 부족하다. 한세상 산다는 것도 물에 비친 뜬구름 같은 것이다. 가슴이 있는 자, 부디 그 가슴에 빗장을 채우지 말아야 한다.

이제 우리는 잔뜩 움켜쥔 것을 놔버리고 늘리는 것에 애쓰지 말고, 한 겹 두 겹 껍질을 벗고 줄이는 데 힘써 가벼워지는 느낌을 음미하면서 살아가야 한다.

나이 드는 것 또한 한탄할 필요는 없다.

연세대 철학과 김형석 명예교수는 "달걀노른자와 같은 인생의 황금기는 65세~75세다."라고 했다. 100세 철학자로 누구보다 왕성한 집필과 활동으로 노익장을 과시하는 김형석 교수는 무엇이 소중한지 진정으로 느낄 수 있었던 시기를 60대 중반에서 70대 중반이라고 했다. 그 시기를 달걀노른자와 같이 가장 알차게 살았다고 이야기한다. 또 인생의 공허함을 느끼며 이대로 살아서는 안 될 것 같은 때가 바로 다시 시작할 때라고 강조하기도 한다. 지금 내 나이에 꼭 필요한 중요한 이야기이다. 깊이 생각하고 새길 말이다.

흐르는 세월 누가 막을 수 있겠나. 나이가 드는 일에도 나름 아름다운 삶으로 채울 스킬이 필요하다. 두루 살펴 풀어내야 할 숙제들…. 먼저 정신 무장을 하고 세상을 눈으로만 보지 말고 마음으로 봐가며 긍정적으로 받아들여야겠다.

생각해 보면 나이가 든다는 것도 꼭 부정적인 면만 있는 것은 아니다. 육십부터 진정한 삶이 시작된다고 이야기하는 사람들도 있다. 그 시기도 지나 이제 칠십이 되었으니 풍요롭고 아름다운 삶으로 나를 이끌어야 한다. 나이 드는 것의 순리를 제대로 이해하고 중심을 잡고 느릿느릿 주변을 살피며 멋지게 나이 들어야겠다.

나이 들수록 잘 되는 사람은 나이에 쫓겨 다니지 않는다. 생기 있는 생각과 열정을 잃지 않는다. 번잡하지 않게 비우고 덜어낼수록 우리 삶은 여유로워질 수 있다. 그만큼 쓰고 버리면 얻을 수 있다는 뜻이다. 몸과 마음, 그리고 금전적인 것까지도 예외는 없다. 다 쓰고 죽으라는 말은 결국 후회 없이 인생을 살라는 뜻일 테니까.

나이가 들면 할 수 있는 것과 할 수 없는 것을 구분할 줄 알고, 할 수 없는 것은 포기할 줄 알아야 한다. 체념하고 자신의 한계를 받아들여 이젠 내려놓을 줄 아는 지혜를 배우라는 의미가 강하게 와 닿는다.

세월은 돌아보면 알 수 있는 것, 지나 보면 저절로 알게 된다. 당시엔 안절부절 힘들고 어려웠던 문제도 나이가 들고 연륜이 쌓이면 그때는 왜 그렇게 중요치도 않은 문제에 집착했는지 저절로 알게 된다.

나이가 들면서 인간관계도 너무 집착할 필요 없다. 남들의 시선에 얽매이지 않고 필요한 것 이외에는 욕심부리지 않는 것이 중요하다. 그렇게 하면 후회할 일도 미련도 없어진다. 더는 홀로 남는 것을 두려워하지 말고, 혼자여도 행복한 나로 살아가자.

그리고 미루지 말자. 나중이란 없다. 바로 오늘이 내 인생에서 가장 젊은 날이며, 내 영혼의 오아시스다. 삶의 군더더기는 덜어내고 내 페이스대로 소요유(逍遙遊), 발길 닿는 대로 놀 듯이 이리저리 다니다가 간혹 정신적 에너지가 떨어지면 힘차게 '기(氣)'를 불어넣는 호연지기(浩然之氣)를 기르며 꾸준히 인생을 업사이클링(upcycling)해 가치 있고 행복한 삶을 이어가자.

하루하루를 생각 없이 그냥 흘려보내며 시간을 메울 것이 아니라 날마다 감동하며, 젊은 영혼을 놓치지 않도록 노력하며 삶의 의미를 찾아야겠다. 우울하고 힘들수록 일부러라도 더 많이 웃으려고 애써본다. 그러면 다시 기쁨과 힘이 생긴다. 웃음은 환희에 찬 영혼의 가락이기 때문이다.

결국 진정한 부자는 내 시간을 마음대로 쓸 수 있는 사람이다. 삶의 변화를 통해서 녹슨 영혼을 닦아내고 잃었던 열정을 다시 불러일으켜야겠다.

홀로 즐기는 습관. 홀로 있는 쓸쓸함 속의 편안함이 좋다. 생각이 많은 것부터 청소하고 헐렁하게 산다. '카르페 디엠', 오늘을 즐기며 지금과는 결이 다르게 만족스러운 현재를 사는 것이다.

그런 마음으로 하루하루를 보내다 보면 어느새 재미있고 행복해하는 나를 발견하게 되지 않을까? 그것이야말로 진정한 '회춘(回春)'일 듯하다.

오늘도 나 혼자만을 위한 새벽 산책길, 고요한 마음으로 나를 돌아보며 주위를 살펴볼 수 있는 숲길을 걸었다. 마음과 달리 자꾸만 걸음이 빨라진다. 한기에 몸이 먼저 반응한다. 어둠이 더할수록 새벽은 가까이 다가온다. 만개한 꽃은 질 일만 남게 된다. 좋은 일이 있다고 쉽게 들뜨지 않고, 아무리 어려운 일이 있더라도 낙담하지 않고 평정심을 유지하는 것, 그것이 인생이라는 마라톤을 달려가는 최상의 방법이 아닐까 싶다.

"나이 드니 마음 놓고 고무줄 바지를 입을 수 있어 좋은 것처럼, 나 편한 대로 헐렁하게 살 수 있어 좋고, 하고 싶지 않은 것을 안 할 수 있어 좋다." 소설가 박완서 선생의 말이다.

칠십이 되고 보니 힘 있고 좋은 시절은 지나가 버렸지만, 오히려 지금이 아무 거리낌 없이 하고 싶은 일을 기쁜 마음으로 할 수 있을 것 같은 기분이 든다. 칠십이야말로 살아있는 한 인생의 봄이며, 아름다운 꽃을 피울 수 있는 달걀노른자 같은 황금기가 아닌가.

누가 황혼이 인생의 끝이라고 했나, 석양이 얼마나 아름다운가? 누가 해넘이가 인생의 정점과 같다고 했나, 아직도 영혼은 말랑말랑하고 가슴은 뜨겁게 달아오르는데 예서 멈출 수는 없다. 한참 떠오르는 씩씩한 젊음도 아름답지만, 삶의 끈을 한 아름 품고 초탈한 표정으로 산을 넘는 내 인생도 아름답다.

다시 돌아갈 수 없는 과거를 뒤쫓는 인생이거나 그냥 흘려보낼 것이 아니라 그동안 체화된 나만의 색으로 미래를 만들어야겠다.

무겁게 살지 말고 가볍게 비우고 살아야겠다. 『공자』의 "칠십이종심소욕불유구(七十而從心所欲不踰矩)"대로 남이

나를 알아주던, 내가 남을 알려 하든 내 마음 내키는 대로 걸림 없이 자유롭게 살아야겠다고 다짐해 본다.

이번이 진정 영광스러운 인생의 챔피언 벨트를 거머쥘 마지막 기회이다.

얼굴이 늙으면 어떠하리? 육체보다 정신이 녹슬지 않으면 되는 것 아닌가. 고목에 열린 과일이 더 달고 하루 햇볕 중 저녁노을이 더 아름답고 찬란하다. 인생의 변곡점에서 우리 나이 무슨 욕심을 더 낼 건가? 그냥 '수고했다!'라는 한마디면 충분하다.

마음먹기에 달린 '긍정의 힘'을 다잡아 본다.

화와 용서

어느 일요일 오후, 동네 가까이에 있는 대형서점을 찾았다. 책들을 뒤적이다 나란히 같이 있는 두 권의 책에 시선이 멈췄다.

하나는 베트남 출신의 승려로 평화를 노래하는 살아있는 부처, 틱낫한(Thich Nhat Hanh)의 『화』(최수민 옮김)이고, 다른 하나는 티베트의 정신적 지도자 달라이 라마(Dalai-Lama)의 『용서』(류시화 옮김)였다.

각자의 표지를 장식하고 있는 두 사람의 책에서 묘한 느낌을 받았다. 동양의 정신적 지주이며 사상가로 대단히 주목받는 두 인물이 지금 내 눈앞에서 중요한 화두를 놓고 대화라도 나누고 있는 듯했다.

'화'와 '용서'라는 제목이 던지는 화두에 이끌려 다른 스케줄을 잠시 미루고 바로 독서삼매경에 빠져들었다. 독서의 계절, 토요일 오후라 그런지 사람들이 많아 앉을 자리가 마땅찮았다. 간신히 서가의 한 모퉁이에 신문

지를 깔고 눌러앉아 책을 읽기 시작했다. 오래 앉아있다 보니 오가는 직원들에게 눈치가 보였지만, 책을 읽을 때 만큼은 나의 얼굴은 두꺼워진다. 좀 양심 없는 짓을 하는 것 같아 뜨끔거리기는 했지만, 직원들에게 미안하고 감사하다는 눈인사를 보내며 책 속에 흠뻑 빠졌다. 대형 서점에서 그 정도는 충분히 양해되는 상황이었지만 필기구까지 옆에 두고 열심히 옮겨 적기까지 했으니, 눈치가 보일 수밖에.

책에는 역시나 주옥같은 내용이 가득했다. 감히 뭐라고 표현할 수 없어 대부분 있는 그대로 인용, 정리해 본다.

먼저 틱낫한의 『화』에서는 "화가 풀리면 인생도 풀린다", "화는 모든 불행의 근원이다. 화를 안고 사는 것은 독을 품고 사는 것과 마찬가지다. 화는 타인과의 관계를 고통스럽게 하며, 인생의 많은 문을 닫히게 한다. 따라서 화를 다스릴 때 우리는 미움, 시기, 절망과 같은 감정에서 자유로워지며, 타인과의 사이에 얽혀 있는 모든 매듭을 풀고 진정한 행복을 얻을 수 있다"고 강조한다.

또, "우리의 마음은 밭이다", "그 안에는 기쁨, 사랑, 즐

거움, 희망과 같은 긍정의 씨앗이 있는가 하면 미움, 절
망, 좌절, 시기, 두려움 등과 같은 부정의 씨앗이 있다.
어떤 씨앗에 물을 주어 꽃을 피울지는 자신의 의지에 달
렸다"고 말한다.

　사람은 누구나 행복하기 위해 태어났다. 그러나 실제
로 행복을 만끽하면서 사는 사람은 드물다. 행복한 사람
과 그렇지 못한 사람은 표정에서 드러난다. 행복한 사람은
늘 미소 짓고, 그렇지 못한 사람은 얼굴을 찌푸린다. 한
번 자문해 보자. 나는 늘 웃고 있는 편인가. 아니면 찡그
리고 있는 편인가? 자신이 전자에만 속한다고 자신할 수
는 없다. 늘 웃고 있다가도 상대방의 말 한마디에 불쑥 솟
는 화를 부인할 수 없기 때문이다. 그렇다면 무엇이 우리
를 화나게 하는 걸까?

　부처의 가르침에 따르면 시기, 절망, 미움, 두려움 등은
모두 우리 마음을 고통스럽게 하는 독이라고 했다. 그리
고 이 독들을 하나로 묶어 '화'라고 했다. 마음속에서 화
를 해독하지 못하면 우리는 절대로 행복해질 수 없다.

　화를 안 내고 살 수는 없을까. 이 책에서는 눈 돌리면
화나는 것투성이고, 우리는 음식을 통해서 화를 먹을 뿐

만 아니라 눈과 귀와 의식을 통해서도 화를 우리 몸에 받아들인다고 한다. 많이 먹어도 화는 풀리지 않고, 감정을 추스르는 데 시간이 필요하다고 이야기한다.

화가 났을 때 남을 탓하지 말고, 화내는 것도 습관이니 그 연결고리를 끊길 권한다. 무의식중에 입은 상처가 화를 일으킨다고 했다.

혼자서 화를 풀기 어렵다면 친구에게 도움을 청하길 권한다. 나를 화나게 한 사람에게 앙갚음하지 말아야 하며, 화를 참으면 병이 된다. 애써 태연한 척하지 말라고도 하며 속이 시원하려면 반드시 화해해야 한다고 했다. 각자의 모자람을 인정하고 남을 용서하는 것도 화풀이의 한 방법이란다.

화는 신체 장기와 같아 함부로 떼어버릴 수 없으며, 내뱉는 것이 에너지 낭비며 화해는 곧 자신과의 조우라고 이야기한다. 화해를 위해서는 지혜가 필요하며 마음을 돌보기 전, 먼저 몸을 돌볼 것도 권한다. 인생에서 '관계'보다 중요한 건 없으며 끊어진 관계를 이어주는 방법으로 편지의 유용성을 든다.

특히 틱낫한은 이렇게 말했다.

"화가 난 당신, 혹시 가정에서 아내나 남편에게, 혹은 자녀에게 직장에서 상사나 부하, 혹은 동료 직원에게 연인이나 친구, 혹은 자기 자신에게 사회·정치적 현상에 화가 나 있는가? 화를 품고 사는 것은 마음속에 독을 품고 사는 것과 같다. 그런 상황이라면 세상 살기가 얼마나 피곤해질까?"

보통 여자들은 화를 너무 참아서 병을 얻고, 남자들은 화를 표현하는 방법을 몰라서 폭력적으로 변한다. 그렇게 자신과 남을 가장 고통스럽게 하는 것이 '화'다. 화는 남의 탓도 아니고 내 탓도 아니다. 화를 다스릴 때마다 삶이 조금씩 즐거워진다. 화가 풀리면 인생도 풀린다.

화는 평상시 우리 마음속에 숨겨져 있다. 그러다 외부로부터 자극을 받으면 갑작스레 마음 한가득 퍼진다. 잔뜩 화가 나 있는 사람이 있다고 가정해 보자. 그의 말은 아주 신랄하며 상대방을 공격하는 말들로 이루어져 있다. 그가 쏟아내는 악담은 듣는 이를 거북하게 만든다. 그와 같은 행동은 매우 고통받고 있다는 증거다. 마음 한가득 독이 퍼져있기 때문이다. 이와 같은 사실을 이해하면 그에 대한 연민이 생기고, 그의 공격적인 말에 동요되지 않을 수 있다. 결국, 화란 우리 마음속의 일이므로 그것을 다스리는 것도 마음이 하는 일이다.

화가 났을 때는 무엇보다 자신과 대화하는 것이 중요하다. 화는 날감자와 같은 것이라고 했다. 감자를 날것 그대로 먹을 수는 없다. 감자를 먹기 위해서는 냄비에 넣고 익기를 기다려야 한다. 화도 마찬가지다. 당장 화가 났다고 감정을 주체하지 못해 괴로워하지 말고 일단 숨을 고르고 마음을 추슬러야 한다. 왜 나를 화나게 했는지, 상대방이 내게 화를 내는 이유는 무엇인지, 그리고 그와 내가 무엇 때문에 싸우게 되었는지 헤아려야 한다.

화는 예기치 못한 큰일을 당해 생길 수도 있지만, 대개는 일상에서 부딪치는 자잘한 문제 때문에 일어난다. 따라서 화를 다스릴 때마다 우리는 일상에서 잃어버린 작은 행복들을 다시금 되찾을 수 있다.

틱낫한 스님의 '화'에는 억압된 분노의 본질에 대한 탁월한 통찰이 있다. "화는 우리의 적이 아니라 우리의 아기이다. 그윽한 마음으로 끌어안아야 한다." 화가 날 때 그것이 정당하고 합리적인지, 내면의 분노가 비이성적으로 표출되는 것인지를 가려낼 수 있는 기준이 하나 있다고 한다. "5분 이상 화가 난다면 그것은 내 문제다."라고 이야기한다.

부처는 화를 다스리기 위한 유용한 도구들을 우리에게 전한다. 의식적인 호흡, 의식적으로 걷기, 화를 끌어안기, 그와 나의 내면과 대화하기 등등. 그러한 도구들을 사용하면 우리는 마음속에서 화가 일어날 때마다 현명하게 대처할 수 있다.

틱낫한이 사는 플럼 빌리지(Plum village)에서는 이러한 것을 '씨앗을 골라 물 주기'라고 한다. 우리의 마음을 밭에 비유한 것이다. 그 밭 속에는 아주 많은 씨앗이 있다. 기쁨, 사랑, 즐거움 같은 긍정적인 씨앗이 있는가 하면 짜증, 우울, 절망 같은 부정적인 씨앗도 있다. 우리 자신이 자신의 마음을 다스리는 평화의 길이며, 행복을 만드는 법칙이라고 했다.

다음으로 달라이 라마의 책, 『용서』의 내용을 인용해 본다.

달라이 라마는 책머리에 "만일 나를 고통스럽게 만들고 상처를 준 사람에게 미움이나 나쁜 감정을 키워나간다면 나 자신의 마음의 평화만 깨어질 뿐이다. 하지만 내가 그를 용서한다면 내 마음은 그 즉시 평화를 되찾을 것이다. 용서해야만 진정으로 행복할 수 있다"고 이야기한다.

용서는 단지 우리에게 상처 준 사람들을 받아들이는 것만을 의미하지 않는다. 그것은 그들을 향한 미움과 원망의 마음에서 자신을 놓아주는 일이다. 그러므로 용서는 자기 자신에게 베푸는 가장 큰 자비이자 사랑이다.

자신만 생각하고 타인을 잊어버리면 우리의 마음은 매우 좁은 공간만 차지하게 된다. 그 작은 공간 안에서는 작은 문제조차 크게 보인다. 하지만 타인을 염려하는 마음을 갖는 순간, 우리의 마음은 자동으로 넓어진다. 가장 큰 수행은 용서로, 용서는 값싼 것이 아니다. 그리고 화해도 쉬운 것이 아니다. 하지만 용서할 때 우리는 누군가에게 문을 열 수 있다. 지난 일에 대해 마음의 문을 꼭꼭 닫아걸고 있던 누군가가 그 문을 열기 위해서는, 무조건 용서해야 한다.

용서는 우리에게 세상의 모든 존재를 향해 나아갈 수 있게 한다. 우리를 힘들게 하고 상처를 준 사람들, 우리가 '적'이라고 부르는 모든 사람을 포함해, 그들과 다시 하나가 될 수 있게 한다. 그들이 우리에게 무슨 짓을 했는가는 상관없이, 세상 모든 존재는 우리 자신이 그렇듯 행복해지기 위해 노력한다는 사실을 떠올려보자.

고통을 이겨낼 수 있는 인내심을 키우기 위해서는 우리에게 상처 입힌 누군가가 있어야 한다. 그런 사람들이 있어서 우리는 용서를 베풀 기회를 얻는 것이다. 그들은 우리의 스승조차 할 수 없는 방식으로 우리 내면의 힘을 시험한다. 다른 인간 존재에 대해 분노와 미움을 가지고 싸움에서 승리를 거둔다 해도, 삶에서 그는 진정한 승리자가 아니다. 그것은 마치 죽은 사람을 상대로 싸움과 살인을 하는 것과 같다.

인간 존재는 모두 일시적이며, 결국 죽게 되어있기 때문이다. 어쨌든 우리가 적으로 여기는 사람들도 자기 자신의 분노와 미움을 이겨낸 사람이다. "나를 고통스럽게 만들고 상처를 준 사람에게 미움이나 나쁜 감정을 키워나간다면 나 자신이 용서해야만 진정으로 행복해질 수 있다"고 말한다.

이 글을 옮긴 류시화 시인은 달라이 라마의 『용서』에서 얻은 지혜를 이렇게 설명했다. "달라이 라마는 가난, 전쟁, 미움으로 가득한 이 세계에 희망을 가져다준다. 만일 그가 왜 전 세계 지성인들로부터 가장 존경받는 종교인인가에 대해 의문을 가져본 적이 있다면, 이 책은 우리를 그가 사는 방과 그의 여행과 그가 만나는 사람들 곁으로 데려다줌으로써 그 답을 구할 수 있다"고 했다. "즐거움을 만드는 그의 탁월한 능력과 명랑함, 정직함은 곧바로 우리 자신을 비춰준다"며.

달라이 라마의 얼굴을 표지에 담은 책은 많지만, 『용서』는 그의 웃음소리를 가장 많이 담고 있는 책이다. 그 웃음은 다름 아닌 용서에서 나오는 당당한 힘이라고 한다.

시인인 이해인 수녀는 이 책을 읽고 '용서는 말보다 행동으로' 하길 권한다.

"사랑보다는 미움이, 용서보다는 복수가 세상을 지배하는 것 같은 이 세상에서 우리는 눈만 뜨면 테러에 희생된 사람들에 대한 소식을 듣고, 끊이지 않는 전쟁의 위협 속에 불안한 날들을 살고 있다. 비폭력의 사랑과 용서를 가르친 마더 테레사나 마하트마 간디, 그리고 달라이 라마의 고요한 외침이 어느 때보다도 호소력 있게 들려오는 오늘이다.

신의 이름으로 전쟁을 하며 총을 겨누고 신의 이름으로

살인을 하고도 '정의로웠다.'라고 자신을 정당화하며, 신은 나만의 편인 것처럼 말하는 독선이 판을 치는 이 시대, 진정 악을 이기는 선, 미움을 녹이는 사랑이 그리운 이 시대, 우리 모두 이 책의 빛에서 자극을 받아 각자의 길에서 화해와 평화의 일꾼이 되면 좋겠다."

　나는 두 권의 책을 통해서 '화'와 '용서'에 대해 생각해 보았다. 내가 너무 화를 많이 냈을까, 아니면 화를 너무 참았을까. 또, 나의 이기심 때문에 용서라는 걸 잊고 살았을까, 아니면 너무 용서해 왔을까. 앞으로 내가 어떻게 행동하고 처신해야 옳은지 아직도 판단이 잘 서질 않는다.

　과연 우리의 삶을 통해서 두 성인의 말대로 그런 삶을 살 수 있을까? 복잡하고도 변화무쌍한, 생존을 위해 치열한 현대사회를 사는 나는 과연 어떻게 받아들여야 할지 많은 의문이 생겼다.

　다만 이 책을 통해 터득한 것이 있다면 어떤 경우라도 곧바로 응사, 발끈하지 않고 잠시 한발 물러설 줄 아는 여유와 좀 더 신중하고 부드러운 처세로 화와 용서에 관한 내 태도를 되돌아볼 수 있었다. 그리고 용서는 사랑으로 가는 길이라는 것을 새삼 깨닫게 되었다.

　늦가을 속에 쓸쓸한 길들이 아득히 젖어온다. 하나둘 떨어지는 낙엽은 이제 가을을 원망하지 않는다. 오히려 땅속 깊이 묻혔다가 다시 생명을 도와주는 밀알의 관용을 보인다. 화와 용서라는 책이 가르쳐 주는 것도 그와 같다고 생각된다.

　우리가 살아가며 화를 지혜롭게 다스린다거나 용서를 하는 것은 자신을, 또는 다른 사람을 사랑하는 길이다.

　잠시 무한 속도경쟁을 부추기는 현대의 문명 속에서 삶의 균형점을 찾고 마음의 속도를 늦추라는 "당신이 누구인지, 무엇을 하고 있는지, 왜 살고 있는지 모를 때 마음의 속도를 늦추십시오. 그러면 당신은 반복되는 일상과 무한경쟁, 쫓기는 삶 속에서도 걱정과 미움이 없는 평온한 시간을 찾을 수 있습니다."라는 경구를 되새겨본다.

　늦은 가을 아웃사이더 생각

용서하라. 그러나 결코 반복되지 않게 하라.
화는 편안할 때, 복은 근심할 때 찾아온다.

불길이 무섭게 타올라도 끄는 방법이 있고, 물길이
하늘을 뒤덮어도 막는 방법이 있으니 화는 위험한 때
있는 것이 아니고 편안할 때 있으며 복은 경사가 있을
때 있는 것이 아니라 근심할 때 있는 것이다.

매월당 김시습

어둠이 더할수록 새벽은 가까이 다가온다.

만개한 꽃은 질 일만 남게 된다.

좋은 일이 있다고 쉽게 들뜨지 않고,

아무리 어려운 일이 있더라도 낙담하지 않고

평정심을 유지하는 것, 그것이

인생이라는 마라톤을 달려가는 최상의 방법이다. -

그대 마음속에 분노가 고여들거든

우선 말하는 것을 멈추십시오.

지독히 화가 났을 때는

우리 인생이 얼마나

덧없는가를 생각해 보십시오.

서로 사랑하며 살아도 벅찬 세상인데

이렇게 아옹다옹 싸우며

살아갈 필요가 있겠습니까.

내가 화가 났을 때

내 주위 사람들은 모두 등을 돌렸습니다.
그러나 내가 고요한 마음으로 웃으며 마주칠 때
많은 사람이 내 등을 다독거려 주었습니다.

그리하여 난 알 수 있었습니다.

내게 가장 해가 되는 것은 바로 내 마음속에
감춰진 분노라는 것을 말입니다.

나는 분노하는 마음을 없애려고 노력합니다.
고요하고 편안한 마음으로 내 마음을 다스릴 때
많은 사람이 나에게 사랑으로 다가올 겁니다.

틱낫한 스님의 『화』 중에서

인주차량(仁走茶凉)

나름 잘나가던 달달한(?) 시절을 뒤로하고 막상 은퇴하니 한동안 삶의 방향을 잃어버려 힘든 시간을 보내기도 했다.

셰익스피어는 "어리석은 사람은 과거에 집착하고 현명한 사람은 과거를 추억한다"고 했다. 그동안 자유로워지기 위해 내려놓는 연습을 무수히 반복하지만, 무엇이 아까운지 욕심의 덩어리를 어느새 다시 짊어지게 된다.

욕심이 가득 차면 내려놓을 줄 알아야 하는데, 머리와 달리 가슴이 움직이지 않는 것이 문제이다. 욕심에 눈이 멀면 정작 보아야 할 것을 놓치게 되고, 교만하고 어리석어져 일을 망치게 된다.

인생이란 우주 전체를 놓고 보면 우리 삶은 전광석화(電光石火)와 같은데 잔뜩 움켜쥔 것이 무슨 소용일까? 자기의 것은 무겁지 않다고 했다. 무겁다면 이제 내려놓아야 할 남의 것일 수 있다. 비울 줄 모르는 끝없는 집착은 가라앉는 배에서 뛰어내리지 않는 어리석은 용기나 다름없다고 하지 않던가.

연말연시를 다른 어느 때보다 조용하게 '혼놀족'으로 보냈다. 떠밀려 낭떠러지에 떨어진 왕따 같은 상실감의 무게와 헝클어진 마음의 상처가 마음 한구석 뾰족하게 올라온다. '십일지국(十日之菊)'이라고 한창때를 지나 끈 떨어진 지 이미 오래인지라 은퇴 후 달라진 모습인 것 같아 씁쓸하다. 끗발에 의해 더워지고 차가워지는 세상인심을 새삼 느낀다. 꽁꽁 언 날씨만큼이나 내 마음도 시리고 추워 아무리 중무장을 해도 안팎의 추위를 견디기 힘겹다.

'사람이 떠나면 차는 식는다'는 뜻의 인주차량(仁走茶凉)이란 말이 있는데 60~70년대 중국의 경극 「사자방」에 나오는 말이다. 자리에서 물러난 뒤 자신이 키운 사람에게 배척당한다면 그 섭섭함을 인주차량이라는 말로 에둘러 표현했다고 한다.

새삼스러울 것 없는 자연스러운 현상이다. 인생사 만나면 언젠가는 헤어지게 된다. 회자정리(會者定離)를 모르는 바 아니다. 정승집 개가 죽으면 문상을 해도 정작 정승 본인이 상을 당하면 마당이 한산하다는 말도 있지 않은가.

사람이 떠나면 그가 마시다 남긴 차는 식을 수밖에 없다. 세력이 있을 때는 아첨하며 따르다가도 권세가 없어지면 야박하게 푸대접하는 '염량세태(炎凉世態)'의 세상인심을 한탄한들 무슨 소용이 있을까.

다만 머리로는 이해가 되어도 마음의 문제는 그렇게 간단하지 않아 평정을 유지하기는 쉽지 않다. 그나마 다행인 건, 그런 세태와 관계없이 가끔 전화를 걸어 안부를 묻는 후배가 있다는 사실이다. 각별한 친분을 유지했던 것도 아닌데, 떠나고 나서야 소중해진 인연이다.

평소 처신도 바르고 일도 잘해 눈여겨보던 친구였는데, 나처럼 술을 즐겨 하지 않는 탓에 깊이 친해질 기회는 별로 없었다. 특별한 용건이 있어서라기보다 문득 생각나서 전화했노라고 잘 지내냐고 안부를 주고받는 게 다지만 곁에 그런 친구가 있다는 사실이 고마울 따름이다.

지금 와 생각해 보니 의미 있는 일을 하며 적당히 바쁠 때 더 행복하고 보람이 큰 것 같다. '그때가 좋았지!'라는 선배들의 이야기가 새삼 떠오른다.

"인생에 의사소통이 되는 사람과 함께한다는 것은 정말

중요한 일이다. 정말 나와 같은 소리를 갖고 서로를 이해해줄 동성상응(同聲相應)의 지음(知音)을 만난다는 것은 인생의 큰 기쁨이다", "이 세상에 아는 사람은 많지만 진정 내 마음을 알아줄 사람은 몇이나 될까(相識滿天下, 知心能幾人)?"라는 명심보감의 탄식처럼 허심탄회하게 자기와 의사소통이 되는 관후(寬厚)한 지인(知人)을 만나기란 쉽지 않다.

흔히들 "좋은 인연이란 시작이 아니라 끝이 좋아야 한다"고 이야기한다. 어떤 일이든 마무리가 중요하다. 특히 인간관계에 있어서 잘못된 만남이랄까, 정직하지도 못한 모습으로 태클을 걸고 상처를 준 친구와 상흔을 안은 채 헤어진 적이 있다. 거기서 받은 고통은 꽤나 오래 갔다.

사람 관계가 큰 재산인데, 마무리를 제대로 맺지 못해서 수십 년간 투자한 값진 재산, 인연을 하루아침에 날리는 어리석음을 범하지 말아야 한다. 그렇다고 과거의 노력과 비용을 보상받고 싶은 마음에 마냥 되돌아오기를 기다린다면 그것 또한 부질없는 짓이다. 잘못된 판단과 그에 따른 시간, 감정적 낭비는 적잖은 피로감의 원인이 된다. 그동안 들인 공 때문에 선택이 아까워 망설이지 말고 정리할 때가 된 것이다.

남은 인생, 앞으로가 중요하다. 누구나 혼자이지 않은 사람은 없다. 살다 보면 놓치고 싶지 않은 사람을 만나기도 한다. 한동안 소식이 뜸해도 안부가 궁금하고 왠지 붙잡고 싶은 사람, 때때로 힘겨운 인생의 무게로 막막할 때 만나서 속마음을 털어놓아도 좋은 사람, 서로 마음 기댈 수 있는 위안이 되는 든든한 사람 말이다.

아무리 가까이 있어도 마음이 없으면 먼 사람이고, 아무리 멀리 있어도 마음이 있다면 가까운 사람이니 사람과 사람 사이는 거리가 아니라 마음이 아닐까 싶다. 그런 이유로 "눈에서 멀어지면 마음에서도 멀어진다"고도 하고, "이웃사촌"이라는 말도 생겨났을 터다.

세상을 반드시 눈으로만 봐야 하는 건 아니다. 눈이 아니라 마음으로 봐야 한다. 눈은 카메라 앵글처럼 스쳐 지나가는 것에 집중하는 반면, 마음은 생각의 깊이를 더해 가슴을 적셔주고 여운이 오래 간다.

아무리 좋은 풍광도 스스로 마음에 와 닿지 않으면 스쳐 가는 경치일 뿐이다. 같은 이유로 어디서 누구와 함께 하느냐에 따라 감응, 감동의 정도는 달라진다. 함께하는 사람이 중요하며, 자기 자신의 마음이 닿는 곳이 바로 명당이다.

만나면 좋고 함께 있으면 더 좋고 헤어지면 늘 그리운 사람…. 애틋한 관계는 아닐지라도 문득문득 생각나면 마음이 따뜻해지는 사람…. 그런 사람 하나쯤 있었으면 좋겠다.

우리 삶에 얼렁뚱땅은 없다. 실패하는 사람들의 몸에는 벌레가 한 마리 산다고 한다. 그 벌레의 이름은 '대충'이란다. 그냥 내버려 둬도 저절로 좋아지는 관계는 없다. 투자하고 공들인 만큼 결과가 돌아올 뿐이다. 여생은 시행착오의 서툰 인생을 되풀이해서는 안 될 것 같아 때때로 관계에 대한 성찰이 필요해 보인다.

최소한 남에게 피해를 주는 피곤한 사람이 되어서는 안 되겠다. 욕심을 버리고 내가 먼저 주변을 밝히는 사람이 되어 베풀고, 배려할 줄 알아야겠다.

나를 버려야 내가 산다. 훌훌 털어버리기 위해선 허기에 찬 자신을 부추기지도 말고 좀 더 의연하게 기다려야 한다. 먼저 나부터 뻔뻔하고 게으른 이기심을 버리고 짜증스럽게 자기주장을 내세우기에 앞서 내 역할을 다하고 가까운 사람을 챙겨야겠다.

이제 함부로 서툰 인연을 맺지 말자고도 다짐해 본다. 놓쳐버린 것에 미련도, 뼈아픈 후회도 소용없다. 남은 날들을 최선을 다해서 진정한 인연과 무심코 스쳐 지나가는 인연을 구분하면서 좀 더 유연하고 단순, 소박하게 살고 싶다.

어설프게 늘어놓는 허무맹랑한 궤변일지 모르지만, 그냥 아침에 일어나고 밤에 잠자리에 들고 자기가 하고 싶은 일을 하고 지낼 수 있다면 그게 바로 행복한 삶이 아닐까 생각하게 된다.

인생에 있어서 중요한 건 무디어지는 날들, 하룻밤을 자고 나면 어제보다 나은 행복 속에 향기로운 오늘이 될 수 있도록 자신만의 방식으로 메꿔가야 할 것 같다. 행복은 결과가 아니라 과정이기 때문이다. 거저 주어지거나 특정한 조건이 아니라 연습이 필요한, 노력해서 만들어가는 과정이다. 내 행복은 내 마음, 내 손에 달려 있다. 사람들과 더불어 살며 느끼는 감정에 가깝다.

날마다 조금씩 새로워지려 노력하고, 스스로 지쳐 포기하지 않도록 비틀거리는 인생의 안전띠를 단단히 채우고, '느림의 미학'으로 인생을 즐기려는 마음가짐이 필요하다. 흘러버린 시간은 잊고 새롭게 다가올 시간을 알차게, 살아있기에 누릴 수 있는 행복을 찾아 활용하며 삶의 활력을 찾아야 한다.

어차피 어제는 지나갔고, 내일은 기대가 되지만 그 역시 불확실하다. 내일을 위해 오늘은 무엇이든 시작해 보자. 지금, 현재를 잘 사는 게 최고인 것이다. 바가지처럼 담을 줄 알기에 비울 줄 알고, 비울 줄 알기에 담을 줄도 안다. 비우는 법을 익혔으니 새 삶을 담으리라 생각한다. 때로는 비우고, 때로는 채우며 그렇게 살다 보면 행복의 참맛을 알 수 있지 않을까.

그냥 배가 고프면 먹고 피곤하면 잠을 자는 본성에 따라 자연스럽게 사는 것이 일상의 기쁨이며 진리는 지극히 평범한 데 있다. 법정스님은 "모자란 듯 먹어야 맛을 음미할 수 있고, 삶에도 여백이 필요하다"고 이야기한다.

마음에도 여백이 필요하다. 사람과의 만남도 그리움이 고인 후 만나면 더욱 살뜰해지는 것 같다. 꼭 채우려 하지 말고 여백을 남겨야 한다. 그래야 비워진 자리 가득 찬 것을 또 비워내고 또다시 채울 수 있다. 돌아보면 그동안 덜어낸 것도 많았지만 그만큼 새로운 것들이 채워지기도 하고, 시작되기도 해서 설레는 삶의 연속일 수 있었다.

매일매일 눈을 뜨면 오늘 하루도 처음 가는 인생 여정이다. 인생은 흘러가는 것이 아니라 채우고 또 비우는 과정의 연속이다. 무엇을 채우느냐에 따라 결과는 달라지며, 무엇을 비우느냐에 따라 가치는 달라진다.

황금을 잡는 대박의 행운을 잡는 꿈도 중요하지만, 그런 일은 우리 삶에서 쉽게 얻어지지 않는다. 행운을 잡기 위해 신기루를 좇는 게 아니라 복생어미(福生於微), 복은 보잘것없는 데서 난다(福生於微)는 말처럼, 눈앞의 작고 소소한 것에 만족하고 즐거움을 찾을 수 있다면 그 자리가 바로 선경(仙境)일 것이다.

세상이 성하고 쇠함이 서로 뒤바뀌는 길흉화복(吉凶禍福)을 예측할 수 없는 인간만사 새옹지마(塞翁之馬), 초승달이 차서 보름달이 되고, 보름달이 기울면 그믐달이 되듯이 가득 차면 기울고 비우면 채워지는 '영고성쇠(榮枯盛

衰)'의 이치를 떠올리며 비움의 아름다움을 생각한다.

성취의 기쁨을 만끽하고 자축하면서 우아한 황혼을 위해 단순하고 편안하게 지내자. 깊이 있는 취향을 찾아 좋은 사람들과 교류하고 교감할 수 있다면 분명 삶에 도움을 주는 비타민과 같은 활력소를 찾을 수 있을 것이다. 지금부터라도 내려놓고 비워내 가볍게 살아야겠다.

아리팍(Acro River Park)의 애환(哀歡)

　세상을 뒤흔들고 꺾일 줄 모르는 '강남불패'의 신화, 그 중심에 산다. 더군다나 식을 줄 모르는 열풍으로 누구나 부러워하는 한강 변 반포 서래섬 근처에‥. 그뿐인가, 입주 과정에서도 행운이 따라줘 고층 조망권이 확보된 센터동 로열층에 당첨되어 한동안은 희희낙락, 날아갈 듯한 기분에 좀처럼 정신을 차리기 힘들 지경이었다. 이렇듯 최고의 명품(premium) 아파트라고 불리는 '아크로리버파크'에 살고 있으니 다른 사람들의 부러움을 한몸에 받게 된 것도 사실이다.

　서울 한복판을 가로지르며 굽어 흐르는 대한민국의 젖줄 한강과 잡힐 듯한 남산, 그 뒤로 멀리 북한산 인수봉까지 멋진 파노라마를 내 집 안까지 끌어들여 훤히 볼 수 있다는, 환상의 뷰를 자랑한다.

그런데 왜일까? 풍요로움에 빠질수록 빈곤을 느끼는 것은…. 달달한 매력, 그 우월감도 일시적 착각일까. 어딘지 모르게 한강을 내려다보고 멍 때리는 게 그다지 편치만은 않다. 갑자기 머리가 빙빙 돌고 어찔어찔하니 현기증이 난다. 속은 먹은 것이 되넘어 올 것처럼 메슥거리고 심하게 울렁인다.

막상 경제적인 문제를 생각하니 괜히 입주했나 싶어 후회가 되고 슬슬 불안해지기 시작한다. 처음엔 그저 행복이려니 하고 멋모르고, 욕망의 덫에 걸려 덜컥 일을 저지른 것 같다. "말 타면 경마 잡히고 싶다."라는 말이 있지 않던가. 호강에 겨운 순간의 분위기에 취해 자신의 처지를 아랑곳하지 않고 과욕을 부린 탓은 아닐까? 냉정히 살펴보니 작은 이익을 좇다 총체적 부실을 부를 수 있는 판단의 오류…. 상류사회로 발을 들이기 위한 순간의 선택이 빚은 현실적인 파장이 생각보다 만만치 않다.

그렇게 문제의 심각성을 알고부터 혼란스러움으로 머릿

속이 복잡해졌다. 마냥 신이 나 살 것만 같았었는데‥. 여유롭고 낭만적인 삶으로 힐링이 되어야 하는데, 만끽하던 달콤함마저 서서히 시들어간다. 더 충격적인 것은 하루하루 불완전한 삶이 거듭될수록 밀려오던 해피 바이러스, 웃음조차 잃어가고 있다. 큰일이다. 그러나 이제 와 후회해도 소용없다. 마음껏 누린 대가, '한계효용체감의 법칙'을 톡톡히 치르고 있다.

일상에 맥이 빠져 잔뜩 굳어진 긴장된 얼굴은 생활의 리듬을 흐트러 놓고 삶의 밸런스마저 깨트린다. 한바탕 좋았던 감동의 물결이 썰물처럼 빠져나가니 괜스레 마음이 헛헛하여 일이 손에 잡히지 않는다. 가슴을 졸인 탓에 갸우뚱하니 어찔어찔 인생의 멀미가 비롯됐다.

옛날에는 좁은 집에서 옹기종기 부대끼며 어떻게 살았을까 궁금해진다. 요즘 한참 뜨는 곳에 자리를 틀고 사는 것이 최고의 행복이라고 할 수도 있겠지만, 비록 남들의 부러움을 받는 삶과는 거리가 멀어도 맘 편하게 살았던 지난 시절이 아득하게 떠오른다.

모든 수입원이 단절된 연금생활자로서의 어려움 때문인지 내려다보이는 한강 둔치와 새빛섬의 화려한 조명이 낭만으로 포장된 허상에 불과한 건 아닌가 싶은 마음이 든다. 오직 가진 자들의 시선으로 세상을 내려 보는 것이 허락되는 곳.

애드벌룬을 탄 듯 거품 인생을 사는 이대로의 생활을 계속 유지하기 어려울 것 같다. 언제 이곳을 떠날지 모르지만, 짧지만 비싼 대가를 톡톡히 치른 셈이다. 다만 나름 뿌듯한 황홀경과 행복의 달콤함을 만끽한 추억은 쉽게 잊지 못할 것 같다.

"개 발에 편자"라는 말이 떠오른다. 인생의 공허감, 정신적 빈곤을 느끼는 지금이야말로 변화가 필요해 보인다.

불현듯 "냉수 먹고 이 쑤신다(용트림한다)."라는 속담이 생각난다. 대단한 각오 없이 이렇게 막 나가다간 초라한 처지의 '빈대떡 신사'로 전락해 버릴지도 모른다는 과도한 상상에 휩싸인다. 이제는 그런 알량한 자존심은 필요 없다. 생활이 궁핍해도 여유 있는 표정, 실속이 없으면서도 있는 척하는 체면 따위, 웃을 수도 울 수도 없는 삶에서 탈출해야겠다.

아직 늦지 않았다. 하루빨리 나를 짓누르는 한탄과 번뇌의 해결책을 찾아야 한다. 현 상황의 맥락을 바꿔 닥쳐올 위험에 효과적으로 대처하는 일에 지혜를 모아야겠다.

이곳을 떠나게 되면 지금처럼 전망 좋은 곳을 찾기란 여생 동안 불가능할 것 같다. 아쉽지만, 세상을 굽어볼 수 있는 그 시선만이라도 지켜줘야 하지 않을까 싶다. 그래도 다행인 것은 아주 짧게나마 짜릿하게 상류사회를 엿보고 누릴 수 있었던 것은 좋은 경험이었다. 그런 삶을 모르고 바라보기만 했다면 상대적 박탈감이 더해질 것 아닌가.

자기의 것은 무겁지 않은 법이다. 무겁다면 내려놓아야 할 남의 것일 수 있기 때문이다.

누구나 인생을 살아가면서 스스로에게 크고 작은 짐을 지운다. 허울 좋게 짐을 지기만 하고 제때 내려놓지 못하면 결국은 그 무게를 감당하지 못하게 마련이다.

이쯤에서 나는 인생의 배낭을 정리해야겠다. 우선 복잡다기한 문제들을 하나둘씩 해결해 나가야겠다. 감당하지 못할 과도한 짐은 과감하게 내려놓고 오만가지 잡생각이나 끌어안은 걱정거리, 불안한 마음을 깔끔하게 비워내야겠다. '미니멀 라이프' 정신으로, 현재뿐 아니라 미래와 관련된 문제를 '다운사이징' 해서 간편하게 살아야 할 것 같다. 이제 망설이거나 머뭇거릴 시간이 없다. 더 이상 시행착오를 해서는 안 된다.

내 주변의 불필요한 낭비 요소를 줄이고 오로지 내가 좋아하는 일을 찾아, 짜인 계획에 따라 흔들림 없이 살아야 할 것 같다. 너무 조급해하지는 말고….

담백한 삶으로 불필요한 감정에 의연해지는 삶의 태도를 갖춰야겠다. 필요한 만큼 절제할 수 있고, 자신을 너무 몰아붙이지 않으며, 실수에 가끔은 관대한 태도를 보이고자 노력한다면 어느 순간 인생을 바라보는 담백하고도 편안한 마음을 갖게 될 것이다.

며칠째 매서운 추위에 바람이 창문을 세차게 때린다. 창밖 한강이 꽁꽁 얼었다. 유유히 떠다니는 유람선에 녹아들었던 근사한 풍경마저 끊기니 썰렁하고 을씨년스럽기만 하다. 한강은 어디서 봐도 괜찮은데, 저걸 위해 나는 너무 많은 대가를 치르고 있는 건 아닌가 싶다.

이제 부풀었던 마음의 볼륨만큼 바싹 여윈 몸의 근육을 키우기 위해 열심히 뛰어야겠다.

비록 당장은 넉넉하지 않아도 미래를 위해 꿈을 키우던 시절을 떠올려본다. 달동네에서도 아래를 굽어보던 시선은 같은데, 그 간극은 좀처럼 좁혀지지 않는다. 아등바등 살았지만 나름의 낭만이 전혀 없었던 것은 아니다.

올겨울, 서울에서의 생활이 유난히 더 고독하게 느껴진다. 다시는 고독해서는 안 되는데, 그 어느 때보다 고립된 것 같은 느낌을 떨쳐버릴 수 없다. 양평 생활이 그립다. 빨리 봄이 왔으면 좋겠다.

하루빨리 겨울잠의 긴 터널을 빠져나와 무기력을 떨쳐버리고 의욕을 되찾기 위해 서둘러 나의 안식처인 양평 'Belongs To Outsider', 봄의 정원으로 달려가고 싶다. 봄꽃들의 향연이 시작되면 따뜻한 마음으로 만날 수 있는 고즈넉한 그곳엔 소박하되 정성스레 차린 식탁이 있다.

설렘 속의 애틋한 기다림은, 기다리던 손님이 오지 않으면 그 정성은 의미가 없지만, 그래도 까맣게 잊고 있다가도 언젠가는 찾아오겠지 하는 바람으로 매일매일 일상처럼 반갑게 손님 맞이할 준비를 해야겠다.

어쩌면 봄바람이 살랑살랑 불어올 때쯤이면 갈망하는 나의 감정이 전달되어 그 님은 반드시 찾아 줄 것이다.

인생이 별것이더냐. 자기 하고 싶은 일을 즐겁게 하는 것이야말로 명품 인생이 아니던가….

아리팍을 떠나면서 아쉬움에 아싸

코로나의 봄, 춘래불사춘(春來不似春)

정령 봄이 와도 봄은 아니다.

봄이란 희망의 계절인 것을…. 봄이 성큼성큼 오고 있건만 코로나의 봄은 예전의 활기찬 모습을 거의 찾아볼 수 없다. 어디를 가나 급변하는 코로나 사태의 불안감에 휩싸여 우리의 마음을 추운 겨울보다 더 시리고 아프게 한다.

코로나19 사태가 걷잡을 수 없이 번지고 있는, 전혀 봄 같지 않은 지금이야말로 춘래불사춘(春來不似春), '봄이 와도 봄이 아니다'. 절기로는 봄이 분명하지만 봄 같지 않은 추운 날씨가 이어질 때도 쓰지만, 좋은 시절이 왔어도 상황이나 마음이 아직 여의치 못하다는 은유적인 의미로도 자주 쓰인다.

당나라 시인 동방규가 쓴 「소군원(昭君怨)」이라는 시에 나오는 구절이다. 중국 역사 속 4대 미인이라고 하면 서시와 왕소군, 초선, 양귀비를 꼽는다. 미모도 미모려니와 그녀들의 삶이 중국 역사를 대변할 만큼 파란만장했기 때문에, 두고두고 회자 된다. 특히 이백과 두보를 비롯한 무수한 시인들이 그녀들을 소재로 시를 지었는데, 그중 동방규가 전한시대의 미인 왕소군을 소재로 지은 시를 감상해 보자.

오랑캐 땅에는 화초 없으니
봄이 와도 봄은 아니리
저절로 허리띠 느슨해지는 것은
허리 날씬하게 하려던 것 아니라네

– 동방규, 「소군의 원망」

동방규가 시에서 오랑캐 땅이라고 지칭한 곳은 흉노의 땅이다. 흉노는 유방이 한나라를 세우기 전에 이미 북방의 강국이었다. 전쟁을 치렀으나 한나라가 참패했다. 그래서 대대로 술과 비단, 쌀 같은 공물은 물론 공주를 흉노의 군주에게 배우자로 보냈는데, 11대 황제였던 원제는 공주 대신 궁녀를 보내기로 한다.

원제는 평소에도 화공을 시켜 궁녀들의 얼굴을 그리게 한 다음 화첩에서 마음에 드는 여인을 선택하곤 했는데, 그중 가장 못생긴 궁녀를 골라 공주로 속여 흉노에게 보내기로 한다. 궁녀를 흉노에게 시집보내는 날, 절세미녀인 궁녀의 실물을 본 원제는 땅을 치고 후회했다고 한다.

일이 이렇게 어처구니없게 된 연유를 알고 보니, 화공 모연수가 자신에게 뇌물을 준 궁녀들은 실물보다 더 예쁘게 그려주고, 한 번도 뇌물을 주지 않은 그 궁녀는 일부러 못나게 그린 것이었다. 화가 난 원제가 모연수의 목을 쳤다는 후일담이 전해진다.

그렇게 억울하게 고향을 떠난 여인이 바로 왕소군이다. 그녀의 삶은 흉노의 땅에서도 기구했다. 아무리 외롭고 그리워도 고향으로 돌아갈 수 없었고, 저절로 허리띠가 느슨해질 만큼 야위어갔으니 봄이 와도 봄이 아니었다.

문득, 궁금해진다. 만약에 왕소군이 화공에게 뇌물을 넉넉히 주었더라면 그녀의 일생이 달라졌을까? 물론 그랬다면 왕소군의 인생은 달라졌을지 모르지만 가난한 다른 여인이 왕소군과 같은 삶을 살아야 했을 것이다. 그래서 춘래불사춘, 봄이 와도 봄이 아니라는 말은 단순히 외롭고 힘든 마음의 표현을 넘어 자신의 현재 처지나 환경에 대한 비관에서 나온 말이 아닐까 싶다.

봄이 왔건만 우리 마음은 여전히 얼어있고, 생각의 나뭇가지는 앙상하다.

코로나가 무서워 방콕 하며 갇혀만 있으려니 견디다 못해 몸의 감각이 무뎌진다. 까짓것 위험을 무릅쓰고 무작정 밖으로 뛰쳐나가고 싶지만, 창궐하는 코로나 때문에 망설이다가 다시 주저앉고 만다. 참으로 세상의 패턴을 비껴 사는 것은 너무도 고역이다.

한산해진 회색의 도시에서 사람과 마주치는 것도 그다지 반갑지 않다. 사람과의 반가운 조우, 한잔 기울이던 일상도 아득하게만 느껴진다. 코로나가 뭔지…. 당연했던 모든 것들로부터 졸지에 추방당했지만 그래도 봄은 왔다.

겨울 동안 휴식기를 가진 뒤 겨울이 떠난 자리를 봄이 채워주니 따스한 햇살이 가득하다. 열매를 맺기 위한 새싹이 자라나는 봄은 희망이자 기회의 날들이다. 이러한 자연의 변화는 추운 겨울을 보내느라 고생한 우리를 위해 봄이 마련한 선물인 것 같다.

봄이 와도 아직은 모두 몸을 사리는지 감감무소식이다.

심심하고 지루한 날들을 보낸다. 무심코 아파트 베란다에서 밖을 내려다보니 어느새 산수유 꽃이 노랗게 피기 시작했다. 단조로운 나날을 보내고 있어 따분하던 차에 코로나로 쌓인 피로감도 풀고 기분전환도 할 겸, 봄보다 성큼 앞선 마음으로 양평 나들이에 나선다.

양평 가는 길, 팔당댐 강변을 끼고 물길 따라 드라이브하며 남한강과 북한강이 마주치는 양수리의 명소 '두물머리 물래길'을 둘러봤다. 예전 같으면 한창 흥청거리며 봄나들이에 나선 상춘객들로 북적였을 텐데, 일요일인데도 한적하기만 하다.

아름다운 봄이면 늘 예찬 속에 안구 정화하며 호강하던 눈과 달리 마스크를 달고 사는 요즘, 마음은 착잡하고 눈은 부옇게 탁하고 그렇지 않아도 우울한 세상, 적막강산이 따로 없다.

그렇지만 혼탁해진 세상이 어떻게 흘러가든 아랑곳하지 않고 삼라만상은 그저 끊임없이 수레바퀴가 구르는 듯, 중생이 번뇌와 업에 의해 삼계육도(三界六道)의 세계를 그치지 아니하고 돌고 도는 윤회(輪回)에 순응하고 있다.

세상이 아무리 흉흉해도 윤회에서 벗어나지 않고, 얼어붙었던 땅은 어김없이 녹아 새싹이 자라고 겨우내 앙상하던 나뭇가지에도 물이 올라 새순이 돋았다. 작은 새들은 파드닥거리며 이리저리 나뭇가지를 옮겨 다니며 지저귄다. 이렇게 언덕 넘어 산새들이 날아와 노래하는 새봄은 밝았지만, 우리의 가슴엔 아직 봄이 오지 않았다.

"내 손에 호미를 쥐어 다오. 살진 젖가슴과 같은 부드러운 이 흙을 발목이 시리도록 밟아도 보고, 좋은 땀조차 흘리고 싶다"는 일제강점기에 한이 서린 이상화의 「빼앗긴 들에도 봄은 오는가」의 시구가 새삼 절절하게 와 닿는다.

현대문명의 신종 바이러스, 코로나에 빼앗긴 들판은 또 힘겹게 '봄의 찬가'를 토해내는 듯하다. 찬 겨울에 잡초처럼 밑바닥에서 고난을 견디며 푸르고 무성하게 다시 일어나 이겨보려고 안간힘을 쏟아보지만, 의지와 달리 꼬일 대로 꼬여버린 지금의 상황을 빠져나갈 묘책을 강구해 봐도, 효험이 있는 묘방(妙方)이 쉽게 떠오르지 않는다. '오호통재라!' 울고만 싶은 심정이라 비통하니 그냥 주저앉고 만다.

우울한 마음 달랬으면 좋으련만 그마저 마음대로 되지 않고 답답하기만 하다. 아마도 단단히 뭉쳐진 마음의 깁스 때문인 듯하다. 심신이 가렵고 근질거린다. 이 위기를 신속한 대응으로 차근차근 갈피 잡아 빨리 진정되도록 사태 추이를 지켜보면서 차분하게 마음의 깁스가 풀어지는 날을 기다려본다.

코로나19로 유난히도 잔인한 올봄, 환한 웃음도 마스크로 가리고 많은 일이 불확실해졌지만, 한 가지 확실한 점은 우리를 벼랑 끝으로 밀어내는 비상 상황도 언젠가 끝난다는 것이다.

어느 해보다 우울한 봄을 맞은 올해, 아무리 속상해도 곧 새로운 길이 열리리라, 봄날의 희망을 써본다. 금빛 행복 바이러스가 온 누리에 퍼지며 찬란한 태양이 아침을 알리는 날, 그때 잃었던 일상이 새롭게 빛나길 소망해 본다.

하찮게 여기던 평범한 일상이 너무도 소중하고 간절하게 그립다.

우직지계(迂直之計)

요즘은 마을을 산책하는 재미에 푹 빠져 지낸다.

앞개울 다리 건너 야트막한 언덕을 지나 양지바른 길섶에 깔린 애기똥풀의 진노랑색 아름다움과 개망초를 비롯한 이름 모를 풀꽃이 널려있는 논두렁 밭두렁을 가로지르다 보면 풋풋한 신록의 상큼함이 폐부 깊숙이 와 닿는다. 작은 숲길을 따라 한적하게 걷는 일이 소소한 기쁨을 준다.

뒷산에는 뻐꾸기가 소리 내 울고 모내기를 위해 물을 가득 채운 논에서는 물 만난 개구리들이 신이 나 합창한다. 이름 모를 산새울음도 반갑게 다가온다. 아카시아 꽃이 바람에 날려 떨어지고, 향이 강한 찔레꽃 무리도 하얗게 길목을 밝힌다.

천천히 너무 빠르지 않은 속도로 설렁설렁 걸어가면서 여기도 둘러보고 저기도 기웃거리며, 하루가 다르게 쑥쑥 성장하는 담록(淡綠)의 빛깔에 주목하며 조용하고 평화로운 풍경을 마음에 담는다. 그렇게 하다 보면 바쁜 마음도 내려놓을 수 있고, 마음을 무겁게 했던 근심도 어느새 풀린다.

세월은 쏜살같이 빠르지만 여기, 내 영혼의 놀이터에서만큼은 시간의 흐름에서 놓여나 한 박자 느리게 살아도 좋다. 서둘러 흘려보내느라 놓친 삶도 찬찬히 들여다볼 수 있다. 아등바등 애쓰지 않아도 좋을 백수이기에 누릴 수 있는 즐거움이다.

도시 생활의 번잡함이나 관계의 스트레스로 인해 기운이 방전될 때면 무작정 청정지역인 양평으로 한걸음에 달려온다. 그러면 신기하게도 언제 그랬냐는 듯이 쌓인 스트레스가 날아간다. 양평 무드리를 좋아하는 이유이다.

20여 전부터 양평 산하를 찾으면서 나름 호연지기를 기르는 일에 힘써왔다. 그렇게 산은 나에게 늘 경외의 대상이었고, 산이 부르면 외면할 수 없다. 왜 오르는 걸까. 단지 산이 좋아서가 아니라 산이 불러서라고 할 수 있다. 비록 육체는 고통스러울지라도 복잡한 마음이 솟아오른 산처럼 우뚝 세워지고 맑아진다면 지금도 기꺼이 배낭을 마다하지 않는다. 틈만 나면 호연지기를 기르는 일은 계속되고 있다.

『맹자』의 「공손추(公孫丑)편」에서는 호연지기(浩然之氣)를 기르는 일에 힘쓰되, 효과를 미리 기대하지 말라고 한다. 호연지기는 의리(義理)를 축적해야 하는데, 그 과정이 하루아침에 이뤄지지 않기 때문이다. 나이를 먹어도 호연지기는 우리에게 여전히 필요한데, 그 이유는 그만큼 서두르는 조급증을 버리기가 어렵기 때문이다.

은퇴 전에도 과부하로 인해 머리가 아프거나 마음이 흉흉, 우왕좌왕할 때면 균형 잡힌, 정제된 평정심을 찾아 머리도 식히고 토닥토닥 마음을 달래며 망중한(忙中閑)을 즐기던 양평 산하는, 이제는 너무도 익숙하고 편안한 곳이 된 지 오래다. 가끔 무료하고 싫증이 날 때 '익숙함에 속아 소중함을 잊지 말라'는 짧지만 중요한 다짐을 떠올린다.

멀리 여행을 가려고 해도 시큰둥해진 것에 비하면 이곳 양평에서만큼은 늘 설렘과 즐거움이 날 반긴다. 어떤 것에도 얽매이지 않은 채 자유롭게 마음 편히 지낼 수 있는, 숨이 트이고 영혼이 맑아지는 무릉도원이나 다름없다.

숲길을 따라 걸으며 우직지계를 떠올려본다.

오래전부터 가까운 길을 곧바로만 가는 것이 아니라 돌아갈 줄도 알아야 한다는 『손자병법』「군쟁편」의 '우직지계

(迂直之計)'란 계책을 좋아했다. 살다 보면 때로는 가까운 길도 돌아갈 줄 아는 현명함이 필요하다.

"집착이 없는 사람이 끝없는 인내심을 갖는다."라고 마하트마 간디는 말했다. 때론 때가 아닐 때 바로 가지 말고 우회하는 것이 빠를 수도 있다는 의미로 우직지계와 의미가 통한다.

"가까운 길을 먼 길인 듯 가는 방법을 적보다 먼저 아는 자가 승리를 거두게 된다(先知迂直之計者勝). 이것이야말로 군대가 전쟁에서 승리하는 원칙이다(此軍爭之法也)." 손자는 이 말에 덧붙여 설명하기를 "군쟁(軍爭)의 어려움은 돌아가는 길을 직행하는 길인 듯이 가고 불리한 우환을 이로움으로 만드는 데 있다. 그러므로 그 길은 돌기도 하고, 미끼를 던져 적을 유인하기도 하고, 상대방보다 늦게 출발하고서도 먼저 도달하기도 한다. 이런 사람이 우직지계를 아는 사람이다."

무조건 빠른 길로 질러가는 것도 좋겠지만, 녹록지 않은 주변 환경의 열세에서는 포커페이스로 재무장해야 한다. 인생에 있어 최단 거리는 직선만이 아니다. 멀리 돌아갈수록 목적지에 더 빨리 도달하는 방법도 있다. 직선이 두 점을 연결하는 최단 경로인 것은 맞지만, 인생에서 직선 코스만 고집하기는 쉬운 일이 아니다. 꼬불꼬불한 역경의 길을 갈 때 더 단단해진다.

험한 길로 돌아가는 것이 나중에 보면 나 자신이 한 단계 더 도약하기 위한 최단 코스였음을 알게 된다. 내게 닥친 역경은 나를 연마하기 위한 숫돌인 경우가 많다. 고통과 슬픔을 많이 맛볼수록 사람은 더 성장한다. 길을 잃거나 좌절할수록 더 단단해진다.

천천히 간다고 남들보다 뒤처졌다는 생각은 털어버리자. 지금 속도는 문제가 되지 않는다. 포기하지 않고 끝까지 달리고 있다면 충분하다. 세상은 변화무쌍하다. 이제 좋았던 것은 추억으로, 나빴던 것은 내가 단단해질 수 있었던 경험으로 삼고 어떤 일이든 긍정적으로 받아들이면서 또다시 자기 길을 묵묵히 가면 그만이다.

요즘 내 삶의 속도에 대해 생각하게 된다. 속도를 늦추면 나의 안과 밖을 보는 시야가 넓어져 삶의 방향이 뚜렷해진다. 나도 한때는 꽤나 빠른 속도를 즐겼다. 다람쥐 쳇바퀴 돌 듯 뒤도 돌아보지 않고 끊임없이 한 트랙만 달렸다. 인생은 장거리 마라톤과 같아 쉬지 않고 달리는 것이

곧 이기는 길이라고 생각했고, 늘 열심히 달렸다.

그런데 언제부턴가 내가 선호하는 삶의 속도에도 변화가 생겼다. 느닷없이 무력감에 번아웃, 밀려오는 상실감, 귀차니즘에 달린다는 것이 지긋지긋하게 느껴졌다. 뭔지 모를 허전함이 밀려들었고, 그래서 멈춰 설 수밖에 없었다. 지난 인생의 레이스를 되돌아보면 많은 고비를 넘기고 무사히 완주할 수 있었던 것에 감사한 마음이 든다.

인간 본연의 밑바닥을 훔쳐보면 나는 아직도 내가 원하는 삶을 정확하게 모른다. 다만 남들과 다르게 독특하게 살려는 욕구를 억눌러야만 하는 불편함이 있다. 하지만 낡고 찌든 삶을 양평 자연의 향기로 거르고 나면 세상은 산뜻해 보이고 놀랍게도 몸이 날아갈 듯이 가볍고 영혼마저도 맑아지는 것 같다. 부정적이고 두려운 마음도 줄어들고, 남을 비웃거나 뜻대로 되지 않는 상황을 탄식하지 않고 매사에 관대해진다.

모든 것을 다운사이징, 붙잡고 매달리던 욕심을 놓아주고, 진드기처럼 딱 달라붙는 거짓의 스노비즘(snobbism)마저 떨쳐내 소욕지족(少慾知足)으로 단순, 소박하게, 비우며 부드럽게 살아야겠다는 생각이 무럭무럭 자라난다.

인생 속도도 더디게, 천천히 가도 좋겠다는 생각이 많아졌다. 급행보다는 완행의 교통수단을, 이제는 버스와 지하철을 타고, 걷는 'BMW' 생활, 대중교통을 이용하고 걸어 다니는 것에 익숙해졌다. 불현듯 히포크라테스의 "걷는 것이 인간에게 최고의 보약이다."라는 말이 떠오른다.

길을 걸으며 인생을 생각한다. 인생을 살며 길을 떠올린다.

더욱이 은퇴 후에는 곧바로 난 길보다 구불구불한 길을 더 좋아하게 되었다. 둘레길 같은 곳을 이리로 저리로 따라 걷는 일이 좋다. 마음이 쓰이는 일이 있을 때도 한 호흡 늦추려고 애쓴다. 그렇게 하면 나를 둘러싼 안과 밖이 조금씩 더 잘, 더 많이 보인다. 잡다한 일에서 벗어난 자유를 만끽할 수 있었다.

우직지계는 지나온 내 삶의 한 축이기도 하다. 물론 지금과는 다소 다른 상황에 더 어울릴지 몰라도, 내 삶을 줄곧 관통해 온 화두임에는 분명하다.

"인생에서, 지게 가득 꽃을 얻고자 하면 꽃바구니를 가지고 다녀야 얻습니다. 쓰레기통을 가지고 다니신다면 꽃

바구니로 바꾸십시오."라는 근사한 구절을 떠올리면서 세
상에 아름다운 꽃을 얻으려 다시금 시작하려 한다.

허기심, 실기복(虛基心, 實基腹)

산은 높아야 하고, 바다는 낮아야 하느니,

산과 바다가 가지런하여 보라,

중생들이 어떻게 살 수 있는가.

조리는 새야 마땅하고 항아리는 막혀야 하느니,

학의 목이 길다고 끊으면 병이요,

오리 다리가 짧다고 이으면 근심되리.

끊지도 잇지도 말고 생긴 대로 두어두소.

해안 스님의 「평등」이란 시다. 세상의 모든 것은 서로 다르며, 다르게 생긴 모양새만큼이나 성격도 다르다. 그 차이를 인정하고 존중하라는 깨우침의 구절이다. 서로 다름의 차이는 한계나 장벽이 아니다. 다르다는 것은 다양함을 의미한다. 그렇게 받아들이면 이해의 폭이 커져 세상을 보는 눈도 달라진다. 다양성이 조화를 이룰 때 우리 사는 세상은 아름다워진다. 'or를 버리고 and를 취하면

아름다운 세상이 펼쳐진다.'

　세상을 살면서 타인을 시기하고 비방하는 일을 종종 보게 된다. 그런 모습을 보면 안타깝다. 왜 다른 사람의 행운이나 성취를 있는 그대로 축하해 주지 못하고 인색하게 깎아내리고 흠집을 내야만 속이 편해지는 걸까. 편을 가르고, 폄훼한다고 해서 자신의 위상이 올라가는 것도 아닌데 말이다.

　「꽃들은 남을 부러워하지 않습니다」라는 정호승의 시도 다양성의 아름다움과 각자의 소중함을 을 노래한다.

　제비꽃은 진달래를 부러워하지 않고
　진달래는 결코 장미를 부러워하지 않습니다.
　다투거나 시기하지 않고 열심히 살다 사라질 뿐입니다.
　제비꽃은 제비꽃답게 피면 되고 진달래는 진달래답게 피면 됩니다.
　세상에 아름답지 않은 꽃은 없듯이 세상에 쓸모없는 인생은 없습니다.
　뿔을 가진 이가 없다는 뜻의 '각자무치(角者無齒)'라는 고사성어는 한 사람이 모든 복을 받거나 재주를 갖출 수 없다는 의미로 쓰인다. 뿔이 있는 짐승은 이빨이 날카롭지 않고 이빨이 날카로운 맹수는 뿔이 없다. 식물도 마찬가지이다. 예쁘고 아름다운 꽃은 열매가 변변찮고, 열매가 귀한 것은 꽃이 화려하지 않다. 같은 이유로 사람들도 각자의 능력을 타고난다. 부족해 보이는 사람도 반드시 잘할 수 있는 일이 있다.

땅 위에 사는 모든 것들은 장점만을 가질 수는 없다는 뜻이다. 신은 한 사람에게 모든 능력을 주지 않았으며, 완벽한 성품을 내리지도 않았다. 누구나 장·단점이 있기 마련이다.

드문 경우지만, 돈 버는 재주와 성공, 운까지 좋은 사람이 전혀 없는 것은 아니다. 그와 반대로 재주도 없고 지지리 운도 복도 없는 사람도 있다. 누구나 재주와 운이 겹치는 금상첨화(錦上添花)를 원하지만, 그것은 희구(希求)해서는 안 되는 넘치는 것이다. 재앙이 겹치는 설상가상(雪上加霜)만 피할 수 있으면 그래도 괜찮은 삶이다.

성격도 마찬가지다. "석 달 가는 흉 없다"는 속담처럼 남에게 비웃음 받을 만한 결함이나 흉 없는 사람은 세상 어디에도 없다. 그래서 대개의 흉은 오래 가지 않고 한 가지 흉은 흉이라고 할 수도 없다. 그러니 누가 나를 흉본다고 지나치게 흥분할 것도 아니고, 내게 좋은 일이 생겼다고 너무 흥겨워할 일도 아니다. 흉도, 흥도 잠깐 사이 지나가 버리는 것, 그것을 알 때 비로소 우리 마음에 여유가 깃들 수 있다.

다만 어떤 분야에서건 성공한 사람들은 자신의 한계를 뛰어넘는 노력과 고난을 이긴 끝에 성취했다는 사실은 인정해야 한다. 가만히 앉아서 성공을 이루는 사람은 없다. 원하는 것을 이루기 위해서 부단히 노력한 결과라는 것만은 잊지 말자.

인생만사 새옹지마(人生萬事 塞翁之馬)다. 때론 장점이 단점이 될 수도 있고, 그 반대일 수도 있다. 불평불만으로 가득 차면 자신만 손해 볼뿐 세상은 바뀌지 않는다. 불평하는 동안 우리의 삶은 불행으로 가득 찬다. 반대로 감사한 일을 찾다 보면 삶이 넉넉해진다. 진정으로 우리에게 행복을 가져다주는 것은 외적인 환경에서 오는 것이 아니라 감사할 줄 아는 삶의 태도에 있다.

우리가 나보다 나은 처지의 사람을 부러워하듯 우리 자

신 또한 지금 누군가의 부러움의 대상일 수 있다. 자신이 가진 것은 당연하게 생각하고 위만 쳐다보며 부러워하며 사느라 우리는 만족을 잊고 산다. 다른 사람보다는 내가 더 위에 서야 하고, 타인을 지배하려 들 때, 우리 일상은 조급해지고 평안과는 거리가 멀어진다.

비교하는 데서 불행이 시작되니, 비교하지 말고 살자. 도토리 키 재듯 거기서 거긴데 서로 잘났다고 뽐내느라 주변 사람들을 흠집 내는 데 아까운 시간을 버리지 말자. 내 정신건강에도 해롭다.

조리는 새야 하고 항아리는 막혀야 하듯이 각자의 용도, 소중한 역할의 쓰임새가 있다는 사실을 놓치지 말자. 남을 부러워하기보다는 서로의 가치를 인정해 주는 우리가 되자. 마음을 어디에 두느냐에 따라 삶이 달라지는 것을 경험하게 된다.

주변 인물을 보면 그 사람의 됨됨이를 짐작할 수 있듯, 우리가 살면서 만나게 되는 면면은 매우 중요하다. 때론 사람의 인생을 송두리째 바꿔놓을 수도 있다. 파리의 뒤를 쫓으면 변소 주위만 돌아다닐 것이고, 꿀벌의 뒤를 쫓으면 함께 꽃밭에서 노닐 게 되는 이치와도 같다. 물을 어떤 그릇에 담느냐에 따라 모양이 달라지듯 사람도 어떤 사람을 만나고 어떤 생각을 하느냐에 따라 운명이 달라진다.

내 주변에는 어떤 인연이 될 사람이 있을까? 뭐니뭐니해도 가족과 친구밖에 없을 것이다. 소중한 사람들이다. 시간이 지날수록, 나이가 들수록 내 주변 사람의 소중함을 새삼 느끼게 된다.

우리 인생이 바삭바삭 더 타들어 가기 전에 이 아름다운 세상의 정취를 담고 싶다. 인생 갈무리를 제대로 못 하면 그간 살아온 노력이 헛수고가 될 것 같아 두렵다.

그동안 나 자신을 잘 돌보지 못했다. 소유가 인생에 있어서 최우선이 되니 집착이 심해졌다. 집착 때문에 나 자신의 영혼을 스스로 통제하기 힘들었다. 자신을 있는 그대로 바라보지 못한 채 내가 옳다고 믿는 것에 얽매이기 바빴고, 때론 실체를 알 수 없는 그림자와 싸우다 몸과 마음을 소진하고 말았다.

세상이 빈 배처럼 보이지 않으면 내 자신이 빈 배가 되면 그만인데 그럴 여유도 없었다. 전쟁터 같은 치열한 세상에서 살아남으려고 자신의 존재를 망각하고 심리적으로 불안과 선입견과 오만 속에 초조해하며 살아왔다.

장자의 말처럼 담담하게 적절한 평화를 누리기는커녕 불협화음 속에서 오히려 아무것도 이루지 못하고 삶은 울퉁불퉁 비비 꼬여버린 트래픽 현상의 연속이었다. 천신만고 끝에 마침내 목적지에 다다르자 갈 곳이 없다.

산다는 것이 나에게 미칠 좋은 영향만 생각했지… 머리에 하얀 소금을 이고서야 성찰하게 된다. 지금까지 모든 시작점은 나였고 마지막도 나라는 사실을. 이제야 여유를 찾으니 미미한 현상에도 관심을 두고 살피게 된다.

우리는 그동안 불꽃 같은 삶을 살아왔다. 이제는 자신에게 여유를 주어도 괜찮을 것 같다. 작은 것 하나도 담담하게 바라볼 수 있다면 작게나마 득도(得道)한 것이나 다름없다.

건조하고 까칠해진 마음의 상처를 위로받고 인생의 여유를 찾는다. 화를 내지 않는 방법을 찾는다. 성내지 않고 스스로 텅 비우고 세상을 산다면 도대체 무엇이 해를 끼칠 수 있겠는가.

타인으로부터 칭송받고 존경받는 사람에게는 자기를 드러내지 않고 주변을 평화롭게 만드는 배려가 있다. 내가 옳다는 생각에 갇혀 지내는 대신 타인과 소통하면서 다름을 인정하며 그 가운데서 행복을 찾아야 한다.

나와 다른 타인을 인정하고 자신에 집착하지 않을 때 타인으로부터 외면받지 않고 인격적으로 성숙한 사람이 될 수 있다. 목소리를 낮추고 겸손하게 세상을 바라보는 사람이 많아질수록 우리 사는 세상도 더 살기 좋아질 것이다.

결국, 다름이 모여 아름다운 세상을 만드는 것이다. 황혼 인생, 별 볼 일 없는 사람처럼 느껴져 위축되는 순간마저도, 아무런 쓸모없어 보이는 늙은 말의 지혜가 있듯 노마지지(老馬之智)는 여전할 테니까. 언제나 교만하지 않고 겸손하게 살면서 현재 내 모습에 만족할 줄 알고 세상을 바라보면 행복이 가까워질 것이다.

꽃은 다시 피는 날이 있으나 사람은 다시 꽃다운 청춘으로 젊어질 수 없다. 이미 흘러간 물은 다시 돌아오지 않고, 떠도는 구름은 다시 볼 수 없듯이 반복되는 하루는 없고, 인생에 두 번은 없다.

두 번 다시 오지 않을 인생! 머뭇거릴 시간이 없다. 어차피 지나간 것에 대해서는 미련 없이 놔줘야 새로운 미래가 오는 것이니 과거는 추억하고, 지금부터 후회 없이 삶을 즐기기 바란다.

잠시 소풍 나온 우리 인생, 희로애락 속 애환을 느끼며 살다, 때가 되면 홀홀 털고 미련 없이 떠날 수 있으려면 우선 삶의 태도부터 변해야 할 것 같다. 하루하루를 소풍으로 생각한다면 지금 현재를 조금이라도 즐겁게 보내는 것이 가장 중요한 일이 될 테니까.

늘그막 인생이라고 처지고 우울한 상태에 나를 가두지 말자. 비록 몸도 예전 같지 않고 기력도 달리지만, 우리 나이에만 가능한 이해의 범위가 있으니, 꼭 부정적인 면만 있는 것은 아니다. 그동안 마음으로 보지 못한, "내려갈 때 보았네. 올라갈 때 보지 못한 그 꽃"도 보인다. 전혀 들리지 않던 클래식이 들리고 재즈가 들리는 것을 보니 비로소 삶의 의미를 깨닫고 인생의 참맛을 깨달아가는 재미에 새록새록 빠져든다.

불현듯 『서경(書經)』의 "만초손(滿招損), 겸수익(謙受益)", 가득 차면 손실을 초래하고, 겸손하면 이익을 얻을 것이라는 글귀가 떠오른다. 가득 채우려는 욕심은 안에서 변

란이 생기지 않으면 반드시 밖의 근심을 부르게 된다. 매사에 철저하다는 것은 좋은 일이다. 그러나 약간 모자란 듯할 때 물러서는 것이 옛사람들의 지혜였다. 과유불급(過猶不及)이라 지나친 것은 모자란 것과 같은 것이니 적은 것에 만족할 줄 알고 분수를 지킬 것을 큰 교훈으로 삼아 마음을 다잡는다.

고개를 숙이면 부딪치는 법이 없다. 겸손하게 한 번 숙이고 또 숙이고 양손을 먼저 내밀면 더 많은 것을 얻게 되고, 행복하고 순탄한 삶을 누리게 될 것이다. 장자의 가르침 대로 내 삶을 다시 점검한다. 교만하지 말고 좀 더 조심하고, 장자의 "중간만 하라"는 말과 같이 조용히 사는 것, 그 말의 의미를 새삼 되새긴다.

장자는 근심과 걱정이 가득한 나에게 세상을 빈 배처럼 바라보고 나 자신이 먼저 빈 배가 되어보라고 한다. 쓸데없는 자존심을 버리고 불필요한 일에 고통받지 말고 때론 비생산적인 시간도 필요하며, 있는 그대로를 바라보는 지혜가 필요하다는 사실을 일깨운다.

자유로운 영혼이 되기를 바라고 평화로운 일상을 꿈꾼다. 그러기 위해서는 이름 드러내기를 삼가고 목소리 높이는 것을 자제하라고 말한다. 이름은 실제로 존재하는 곳의 그림자일 뿐이다. 여하튼 미주알고주알 뭐니 뭐니 해도 우리는 각자 모두가 제일 소중하고 최고인 것이다.

이쯤에서 최인호의 소설 「상도(商道)」에 나오는 조선 거상(巨商) 임상옥의 '넘침을 경계하는 잔'이라는 '계영배(戒盈杯)'를 그려내며 그저 허기심, 실기복(虛基心, 實基腹)이라 마음은 비우고, 배는 든든하게 살자….

제 3 장

수집벽(蒐集癖), 미학

* 양평, 소요유(逍遙遊)의 삶
* 양평 컬렉션
* 웃는 달
* 석등(石燈)
* 음악으로 힐링하는 삶

"처음엔 오래된 옛것을 아무 생각 없이 하나둘씩 모았는데, 나도 모르는 사이에 점점 깊이 빠져들게 되었다. 시간 여행은 덤으로 얻으며 발품 팔아 찾아낸 물확, 돌구유, 돌절구, 최근 내 품으로 오게 된 석등까지, 하나씩 모으는 아주 즐거운 경험을 하고 있다."

양평, 소요유(逍遙遊)의 삶

은퇴 후 평소 꿈꾸던 판타지 삶을 선택했다. 우선, 진정한 정신적 자유(?)를 누리기 위해 번잡한 서울을 떠나 공기 좋은 곳으로 낙향을 준비해 왔다. 그곳에서 자연의 경이를 체감하며 유유자적(悠悠自適)한 여생을 보내길 원했다.

완전한 시골 생활이라고 할 수는 없지만, 서울에서 접근성 좋은 양평군 서종면에 실속형 공간을 마련하게 된 이유이다. 처음 터를 보러 다닐 때 벽계구곡 개울가 터를 보고 너무도 잡고 싶은 마음이 간절했다. 다행히 물소리 들리는 곳을 운 좋게 구할 수 있었고, 은퇴 전부터 하나둘 채워나가며 척박하고 볼품없는 땅을 내 생각이 고스란히 담긴 '성형미인의 땅'으로 탈바꿈시켰다.

'가장 작은 것이 큰 것으로 향한다'는 '회소향대(回小向大)'의 개념으로 불필요한 것은 최대한 배제하고 최소의 것으로 최적화했다. 그렇게 절차탁마(切磋琢磨)의 과정을

거쳐 완성된 세컨 하우스가 바로 'Belongs To Outsider'
이다.

　나를 위한 공간인 만큼 개인의 취향이 그대로 담겼다.
계절이 바뀔 때마다 변화를 느낄 수 있도록 야생화를 가
득 심고, 가을이면 국화 향기 그윽한 곳으로 변신한다. 마
당 한구석에는 특별히 공을 들여 정자를 마련했는데 새소
리 물소리, 바람 소리가 늘 조화롭기를 바라며 '함악정(含
樂亭, 가락을 머금은 정자)'이라 이름 붙였다.

　예전 선비들이 서로 뜻이 맞으면 나이를 초월해서 망년
지우(忘年之友)로 삼았던 것처럼 양평에서야말로 생각을
같이하는 사람들과 시류(時流)를 논하고 풍류(風流)를 즐
기며 교유(交遊)를 다지는 곳이 되었으면 했다. 느릿느릿
비우고 내려와 가볍게 유유자적하며 단순, 소박하게 살고
싶었기 때문이다.

　하늘이 높고 푸르러 더없이 좋은 날에는 차를 마시며
낭만을 즐긴다. 맹자는 우리 몸 안에 호연지기(浩然之氣)
로 꽉 채우라고 이야기한다. 청명한 기운으로 꽉 채우면
삶이 달라질 수 있다고 믿기 때문이다.

　이효석의 「메밀꽃 필 무렵」에 나오는 "산허리는 온통 메

밀밭이어서 피기 시작한 꽃이 소금을 뿌린 듯이 흐뭇한 달빛에 숨이 막힐 지경이다."라는 멋진 글귀를 방불케 하듯 온통 하얗게 핀 샤스타데이지가 만발하고, 이어 계절의 순서를 알리듯 다른 꽃들이 하나둘씩 꽃대를 올리고 꽃의 향연을 연출 한다.

봄이면 키 작은 야생화들이, 여름이면 신록의 푸르름이, 가을이면 총천연색으로 물든 단풍이, 그리고 겨울이면 온 세상을 순백의 아름다움으로 물들인다. 양평에서의 내 삶은 호연지기 그 자체이다.

눈부신 한낮의 햇살이 뜰 한편에 있는 연자방아 위로 쨍하고 부서진다. 단순, 소박하면서도 고풍스러운 연자방아는 돌무늬 하나에까지 오랜 세월을 이겨낸 무게와 그 곁을 지킨 옛사람의 손길이 느껴진다.

처음엔 오래된 옛것을 아무 생각 없이 하나둘씩 모았는데, 나도 모르는 사이에 점점 깊이 빠져들게 되었다. 무언가에 매료되어 색다른 취향을 갖게 된 것이다. 그래서인지 시간여행은 덤으로 얻으며 발품 팔아 찾아낸 물확, 돌구유, 돌절구, 최근 내 품으로 오게 된 석등까지, 하나씩 모으는 아주 즐거운 경험을 하고 있다.

고집스레 나 자신의 안목과 선택을 믿으며, 돌을 쪼아 다듬은 옛 물건들을 바라보며 아름다운 연장으로 나의 마음을 다듬어가는 과정이 생활의 재미로 다가온다.

이런 과정이 마니아가 되는 것일까? 묘한 것은 어느 양반댁에서 가져왔을 법한 큼지막한 돌절구나 장독대 한구석에 버려졌을 법한 오래된 항아리가 나의 뜰에서는 볼품없던 본래의 쓰임새를 떠나 과감하게 틀을 깨고 제각각 사연이 담긴 조형물로 변하는 것이다. 그 옛날의 것이 새롭게 태어나, 과거와 현대의 조우를 관찰하고 비추어 보는 일은 그동안 내가 추구해 온 미학의 핵심이라고 할 수 있다.

애써 찾아가지 않아도 저절로 알게 되는 자연의 변화에 늘 감탄하게 된다.

자연의 삶 자체가 축복이다.

양평 컬렉션

좋은 기운을 머금고 있는 'Belongs To Outsider'는 언제나 나의 자랑거리다. 도시에서 벌어지는 여유 없고 찌든 시간의 탈출구이자, 벗어나고픈 욕망의 끝에 숨어 있는 곳이기 때문이다.

"포도주와 친구는 오래될수록 좋다"고 그곳을 소유한 지도 10여 년이 되어가니 나름 세월 가는 줄 모르고 가꾼 인생 정원에서 실컷 즐긴 셈이다. 포도가 하루아침에 포도주가 되지 않는 것처럼 오래 묵을수록 추억의 잔상까지 소환해 취향의 속성과 속살을 여실히 드러내고, 정서와 흔적이 담긴, 농익어 숙성된 장소가 되었다.

특히 시간에 묻힐 뻔한 작품들을 재발견하여 옛것과 현재가 자연스럽게 공존하고 또 하나의 맥락을 만들고 있다. 완성을 향해 부단히 메워가는 몰입의 현장으로 지금도 여실히 현재진행형으로 진화하고 있다.

예술은 거창한 듯하지만 우리 주변에 다양한 형태로 존

재한다. 힐링이 중요한 문제가 되면서 사람들은 점점 생활 속에서 예술의 의미를 찾으려고 애쓴다. 나 또한 자연에 머무는 시간이 늘면서 그 혜택을 누리고 있는 셈인데, 양평에서의 삶이 그러하다.

고요한 자연 속 조각 미술이 주는 치유를 경험하고 있다. 개인적인 취향이 그대로 반영된 만큼 나한테는 최고의 공간인 것이 확실하지만, 누구나 자연 그 자체에서 쉽게 힐링과 재충전을 맛볼 수 있는 곳이기도 하다.

자연 속 아늑한 아지트랄까? 나만의 독립된 공간에서 편안하게 시간을 보내며 명상하고 온전하게 집중할 수 있어 좋다. 고즈넉하게 수양을 쌓고, 복잡한 세상을 벗어난 여유를 맛보며, 덤으로 시간여행도 즐길 수 있다. 이상과 현실 세계를 넘나들 수 있는 짜릿한 삶의 단편을 만나는 재미도 만만치 않다.

처음 장소를 마련할 때 가장 염두에 둔 것도 자연과의 조화였다. 언뜻 볼품없어 보여 그대로 묻힐 수 있었던 작품의 가치를 알아보고, 있어야 할 자리를 채움으로써 예술작품 본래의 가치를 높였다. 생명력을 잃고 미완으로 남을 수 있었던 작품이 탁 트인 자연을 캔버스 삼아 다채로운 빛을 발하고 있는 셈이다.

실제로 양평 뜰에서는 아무 곳에나 눈을 돌려도 살아 숨 쉬는 작품을 만날 수 있다. 여느 미술관처럼 자세한 작품 설명이나 안내는 없지만, 무엇을 취하고 무엇을 버릴 지는 오롯이 보는 이의 선택에 달렸다.

작품들은 요란하지는 않지만 평범한 듯 흔하지 않고, 시각적인 안정감을 더해 빈티지와 현대적 감각을 동시에 맛볼 수 있다. 각각의 작품이 서로 어울리지 않을 것 같으면서도 고유성을 잃지 않고 한 공간에서 개성을 드러낸다.

단아한 선과 기품이 심미적 취향을 자극한다. 미처 생각지 못했던 배치, 과감한 믹스 매칭으로 각각의 작품이 이질감 없이 녹아든다. 이곳에서는 클래식과 모던함의 경계가 더 이상 무의미하다. 고전과 현대가 만나 한 공간에서 조화를 이루고 있기 때문이다. 시공을 초월해 일맥상통하는 품위를 살리고 감각과 활력이 넘치는 상상력의 원천을 확인할 수 있다.

전통과 품위를 지켜온 우리 것의 아름다움은 조화에 있다. 옛것에 강한 임팩트를 줌으로써 사라져 가는 전통의 맥을 유지하고 싶어, 서로 뽐내지 않고 자연스럽게 빈티

지한 감성과 아날로그적 향수를 담았다. 옛것에서 빌려와 새롭게 해석되었기에 흥미롭고 특별하게 느껴진다. 축적된 시간의 풍미, 옛날의 질감이 느껴지도록 고풍스러운 원형들이 나의 뜰에서 새로운 느낌으로 탄생한다.

무엇보다 가장 좋은 건 지금도 꾸준히 진화하는 공간이라는 점이다. 휴식을 가장 중요한 모티브로 삼았지만, 덩달아 상상력도 풍부해지는 곳이다.

이목을 끄는 것은 과시하지 않으면서 차분히 존재감을 드러내는 '웃는달'이다. 돌덩이를 쪼아 얼굴의 표정을 입힌 조각상이다. 또 진리(지혜)의 빛을 밝히는 석등, 돌이끼 그대로 선조들이 남긴 지혜와 순박한 감성이 돋보이는 연자방아, 아름다운 여인의 몸을 형상화한 토르소, 질펀하게 펼쳐지되 존재감이 두드러지는 평판석이 함께 이뤄내는 은밀하고도 농밀한 어울림은, 정적이면서 동시에 동적이다.

바짝 다가가서 보는 것도 괜찮지만, 떨어져 보면 더 좋다. 한 발짝 뒤로 물러나 테라스에 올라서거나 함악정에 걸터앉아 내려다보며 느끼는 고즈넉함은 또 다른 매력을 발산한다.

돌에 '미친(美親)'놈처럼 발품을 파는 '즐거움[樂]'이 한 공간에서 넉넉한 조화를 이룬다. 이질적인 요소들이 하나로 밀착되어 조화를 이룸으로써 볼수록 깊은 맛에 빠진다. 시대를 뛰어넘어 전통과 함께할 때 생산적이고 창조적인 것을 얻을 수 있다. 옛 숨결이 고스란히 전해지는 것을 실감할 수 있도록 사소한 것도 버리지 않고 다듬어 재배치했다. 가끔 옛날 사대부 양반의 흉내를 내며 일탈을 즐기고 싶으면 투박한 듯 소박한 삶의 여유를 되찾을 수 있는 양평 벽계구곡 무드리를 찾아간다.

별장이라는 전원 세계는 화려하지만 금방 싫증을 느낄 수 있다. 하지만 나의 공간은 그런 화려함은 없어도 구수한 된장찌개 냄새에 어울리는 무던함과 정겨움이 있다. 잠시만 머물러도 몸 안의 긴장과 불안이 모두 밀려 나가고, 안온한 기분이 든다.

탐미적 생명력이 넘치는 공간이라 잠시나마 번거로운 생활에서 벗어날 수 있다. 고풍스러운 자연에서의 생활이야말로 복잡한 것을 단순하게 하며, 오만과 편견을 순화된 평정심으로 바꾸어 삶의 균형을 되찾게 한다.

그럴 때면 나도 모르게 삶의 품격이 고양되는 듯한 기분에 취한다. 가고 싶은 곳이 명확하고, 내가 좋아하는 것이 무엇인지 분명해진다. 좋아하는 일에서 즐거움을 찾을 수 있다면 최고의 삶일 것이다. 그러기 위해서 우리 같은 은퇴자들에게는 여가 선용을 위한 자기만의 공간이 있다면 더없이 좋을 듯하다.

내 공간을 타인과 공유하는 일은 이런저런 이유로 주저하게 된다. 특히 나처럼 혼자 있는 것을 즐기는 사람은 더욱 그렇다. 하지만 이제, 소통할 수 있는 열린 공간이 되길 바라는 의미에서 나만의 특별한 컬렉션을 공개한다.

매년 가을이면 산국(山菊) 향이 그윽한 이곳에서 색다른 컬렉션을 선보이곤 한다. 그때는 가까운 지인들을 초대하고 싶다. 나의 애착이 담긴 'Belongs To Outsider'를 지인들이 호기심 어린 시선으로 즐기고, 아름다운 작품을 감상하고 공간에 얽힌 이야기에 귀 기울이며 즐거운 한때를 보낼 수 있다면 우리 삶이 더 풍요로워지지 않을까 기대해 본다.

초대장, Belongs To Outsider

오랫동안 기다려 왔습니다

따뜻한 마음으로 함께하는 자리, 이제야 문을 엽니다.

'Belongs To Outsider!'

知音의 숨결이 느껴지는 자리, 감성이 물씬 묻어나는 아름다운 공간으로 정중히 초대합니다. 물론 동부인하시면 더욱 영광이고요.

초대가 늦었습니다. 핑계라면 소홀해서는 아니고요, "대장장이는 언제나 목이 마르다"고 그냥저냥 목마른 인생을 살다 보니 시간이 훌쩍 흘렀습니다.

인생 2막, 땀과 정성, 몰입으로 힘써 가꾼 뜨락에서 우리 사는 이야기를 도란도란 나눠보면 어떨까요?

따뜻한 마음으로 언제든지 만날 수 있는 작은 명소, '休~' 편안한 휴식에 파묻혀, 지인들과 백수들이 공감하는 숨통 틔우는 소통의 공간입니다.

집 앞에 흐르는 개울을 따라 함께 걸으며 자연의 소리도 들어보고요. 우리가 나누는 이야기들도 들려주자고요. 오래 함께할 여러 분들과 좋은 만남으로 기억될 순간, 아름다운 모습들, 정겹게 나눔이 있는 훈훈한 징검다리가 될 것입니다.

언제든 지치거나 무료할 때, 자연 속 쉼을 맛볼 수 있는 나의 놀이마당 양평 'Belongs To Outsider'로 오십시오. 건강샤워로 마음의 때와 정신의 녹을 말끔히 닦아내 맑은 영혼을 불어넣는 행복 비타민을 충전, 힐링하고 산뜻한 기분으로 돌아가십시오.

감성 마당 'Belongs To Outsider', 작은 전원이지만 빈 마음을 채워줍니다. 명품 인생이 별거이더이까. 세파에 찌들어 지친, 내면의 피로가 극도로 차 있다면 잠시 잔잔한 물소리, 새소리가 아침을 깨우는 이곳을 찾아 무거운 것 내려놓고 편안한 분위기에서 독백하듯 생각을 정리하는 시간을 즐겼으면 좋겠습니다. 물론 저와 함께 즐기면 더없는 아름다운 동행이 되지 않을까요?

언제든 숨통 트이러 꼭 오세요. '똑똑' 노크를 기다립니다.

웃는 달

달~ 달~ 무슨 달~ 바보 같이 웃는 달~~

웃는 자에게 복이 있나니…

감미로운 음악이 흐르는 나의 감성 놀이 카페, 'Belongs To Outsider'. 나의 진면(眞面)을 대신하듯 애착 강한, 귀한 작품 한 점을 모셔뒀다. 늘 양평 내 공간의 화룡점정(畵龍點睛)이라고 자랑하는 '웃는 달'이다. 뭔가 좋은 일이 일어날 것같이 입꼬리를 치켜올리며 해맑은 미소로 여유로운 파장을 전한다. 나도 배시시 따라 웃어본다.

화강석을 깎아 독특하게 제작, 설치한 웃는 달은 양평을 찾는 사람들로부터 가장 사랑받는 작품이다. 아침 햇살이 비스듬히 비치면 마치 보름달이 내려앉은 것처럼 보인다. 되도록 밝게 살자고, 둥근 형태나 웃는 모습이 주는 푸근함 때문에 '웃는 달'이라고 이름 붙였다.

어떻게 이토록 귀한 작품이 내게 올 수 있었을까?

어느 날 문득 '완이이소(爾而笑)'가 떠올랐다. 완이이소는 공자가 '빙그레 웃는 여유로운 모습을 가리킨다. 모나지 않고 둥글게 살겠다고 마음먹은 뒤, 원형이 품은 부드러움과 넉넉함을 담아 완숙미 가득한 얼굴을 빚었다. 내가 가진 둥근 생각의 감정, 감수성을 바탕으로 웃음의 미학과 내 삶의 지향점이 일치하는 지점이기 때문이다.

웃는 듯 마는 듯 잔잔한 미소, '시약불견(視若不見)', 모든 것을 보고 또 다 알아도 아무렇지 않게 포용하는 모습을 닮아있다. 웃는 달과 마주하면 온갖 잡념이 눈 녹듯이 사라져서 무거운 마음도 이내 가벼워진다. 아무도 찾아주는 이 없어도, 언제나 변함없이 웃으면서 공간을 지킨다. 확 트인 마당을 오뚝 지키고 있는 웃는 달은 볼수록 달관한 듯한 여유가 묻어난다. 웃는 달과 마주하면 한없이 겸

손해지며 차분해지는 나 자신을 발견하게 된다.

웃는 달에서 가장 마음에 드는 것은 비움이 지닌 단아한 아름다움이다. 비움, 즉 허(虛)는 무(無)와 다르다. '허'는 있지만 그 속이 비어 있음을 뜻한다. 무는 관념 내지는 언어상으로만 존재한다. 반면 허는 우리 주위에 얼마든지 있다. 채워졌다 비워지면 허의 상태가 되기 때문이다. 그래서 허의 반대 개념은 있을 유(有)가 아니라 채움을 뜻하는 만(滿)이라고 한다. 즉 채우면 '만'이 되고, 비우면 '허'가 된다. 『도덕경』과 『장자』를 읽다 보면 이런 허의 개념을 자주 접하게 되는데, 우리 삶에 비추어 보면 적잖은 깨달음을 얻게 된다.

흔히들 얼굴은 마음의 거울이며, 인생 성적표라고 한다. 우리가 아무리 숨기려 해도 얼굴의 바탕은 쉽게 변하지 않는다. 표정은 이미 오래전부터 그리고 지금, 이 순간에도 만들어지고 있다.

웃어야 행복하다는 것을 누구나 머리로는 충분히 이해하는데, 웃으며 사는 일이 생각만큼 쉽지 않다. 꼭 웃을 이유가 있어야지만 웃을 필요는 없다. 웃는 마음으로 대하면 웃을 수 있고, 웃다 보면 웃지 못할 일이 없다는 것을 알게 된다. 밑천이 하나도 들지 않는데도, 웃음을 잃고 잉잉대는 것은 세파에 찌든 생활 속에 웃음이 사라지고 있기 때문이다.

세상 살기가 팍팍할수록 억지로라도 웃을 일을 만드는 게 좋다. 웃음이 주는 효과가 그만큼 크기 때문이다. 웃음은 삶에 활력을 주고 행복한 기분이 들게 한다.

또 웃는 얼굴은 누구에게나 따스한 햇볕과 같이 친근감을 준다. 즐거운 인생을 살자면 찡그린 얼굴을 하지 말고 자주 웃어야 한다. 웃음은 다른 어떤 것보다 강력한 힘을 가지고 있다. 사람의 마음을 한순간에 무장해제 시킬 수 있으며, 병든 마음을 치유하는 놀라운 능력도 있다. 웃음은 자신에게도 남에게도 행복을 가져다준다. 언제나 웃을 수 있는 여유를 잃지 말았으면 좋겠다.

희한하게도 잔뜩 오만상을 찌푸리고 안달복달하다가도 웃는 달만 보면 어찌 된 일인지 싱글벙글 따라 웃게 된다. 그러고 나면 답답하던 마음도 가시고 기분도 좋아진다. 모난 마음도 자연스레 둥글게 변하고, 못난 생각을 털어 내게 된다.

웃는 달에 끌려 눈길을 주다가 묘한 기운을 느낀 적도 있다. 스멀스멀 에너지가 솟는 내 인생 주유소라고나 할까? 극도의 피로감으로 지치거나 무기력해질 때 양평을 찾아 웃는 달에 손을 얹으면 놀랍게도 시들어가는 인생에 화색이 돌듯 에너지가 충전된다. 한 점 돌 조각에 지나지 않지만 뾰족한 정 끝에서 쪼아낸 내공(內功)이 담긴 최고의 작품이다.

특유의 웃음에 매료되어, 웃는 달은 눈으로 봐도 좋지만, 손으로 쓰다듬으며 느끼면 더욱 좋다. 따스한 영혼의 온기가 느껴진다. 웃는 달은 환한 얼굴로 담장 밖 오가는 사람들의 눈길을 사로잡는다. 가만히 자리를 지키고 있지만, 사람의 마음을 움직인다. 모난 마음은 둥글게 다듬고 생각의 먼지를 털어내게 한다.

돌아보면 지난 세월이 참기 힘든 고통이었지만, 이젠 찡그리지 않고 웃는 달처럼 그냥 환하게 웃으며 살고 싶다. 땀 흘려 일하다 잠시 웃는 달에 시선을 돌리면 엷은 미소가 지어지며 나도 모르게 따라 웃게 된다. 언제 그랬냐는 듯 피로가 싹 가신다. 이렇듯 웃는 달은 나 자신의 순한 모습을 되찾게 한다. 이런 호사를 누릴 수 있는 나는 선택받은 사람인가 보다.

오늘도 웃는 달을 보며 움켜쥔 마음을 내려놓고 비우는 연습을 한다. 자주 반복되는 묵언수행으로 비우는 연습을 하니, 짓눌렸던 외로움도 잠시나마 내려놓을 수 있어 한결 마음이 가볍다. 우리 모두 웃는 달처럼 언제나 웃을 수 있으면 좋을 텐데….

일상이 시들하거나 이유도 없이 가라앉는 기분이 들 때 답답한 기분을 떨치고 마음 깊이 긍정의 기운, 산소를 듬뿍 채워보는 건 어떨까? 겹겹이 불어오는 향긋한 꽃바람이 가득한 감성의 공간. 찾는 이의 가슴마다 인생의 아름다운 꽃이 활짝 피었으면 좋겠다.

천재 희극인 찰리 채플린은 "웃음 없는 하루는 낭비한 하루다", "웃음은 강장제이고, 안정제이며, 진통제이다."라고 했다. 혹 지금 힘든 시간을 보내고 있다면 그의 말을 떠올리며 웃어보자.

세상에서 가장 아름다운 꽃은 당신 얼굴에 핀 향기로운 웃음꽃이다. 웃음을 잃지 말고 항상 좋은 날들로 가득하고 행복한 인생의 무지개를 뜨기를 기원해 본다.

석등(石燈)

석등(石燈)은 석탑, 부도와 함께 불교 석조문화의 중요한 자리를 차지한다.

자연적, 주술적 영역을 넘어 신의 영역이었던 불을 인간이 스스로 관리함으로써 문명의 획기적인 변화를 가져오게 되었다. 출발은 어둠을 밝히고 싶은 욕망에서 비롯되었지만, 거기서 그치지 않고, 신앙의 빛으로, 또 진리의 빛으로 늘 인간 문명사와 궤를 같이 해왔다. 불은 문명의 상징임과 동시에 종교적 진리의 상징이기도 하다. 그래서 불을 밝히고 보존하는 일은 늘 최대의 관심사였고, 중요한 문제였다. 석등이 지닌 의미 또한 그러한 상징성과 깊은 관련이 있다.

석등은 시대에 따라 종교의 상징으로, 진리의 상징으로 또 때로는 우리 삶을 밝히는 등불로 늘 우리 곁을 지켰다. 석등의 외양은 시대에 따라 다소 차이가 있지만, 주로 사찰에서 발견되는 것에서 알 수 있듯 진리의 빛으로 불타, 진리, 지혜 등을 상징하며 중생을 깨우치고 선한 길로 이끄는 '법등'의 표상이기도 하다.

유교를 숭상하는 조선 시대에는 석등이 이전 시기보다 수적으로 적어 문화재적 가치가 매우 크다. 석등은 기본적으로 하대석, 중대석, 상대석을 받침으로 하고, 그 위에 등불을 직접 넣는 화사석과 지붕인 옥개석을 얹고 난 후 맨 위를 보주로 장식하는 것이 일반적이다. 조선 시대의 석등 형식은 4각형 평면이 기본이고, 간주는 길고 가늘어지는 대신 짧고 두툼한 형태로 변하였다.

불교문화의 위축으로 조선 시대 들어 석등의 쓰임새가 줄어들긴 했으나 종교 외적 면에서의 쓰임은 여전했다. 이전에는 주로 불전이나 부도전, 부도 앞에 놓였던 것과 달리 왕릉이나 드물게는 향교나 서원 등에 관솔불을 지필 수 있게 실용적으로 사용되었기 때문이다. 조선말 이후에는 주로 사대부들의 정원이나 연못에 풍치를 즐기기 위한 용도로 설치했다고 한다.

그렇게 귀한 조선 시대 석등이 나의 뜨락에도 당당하게 자리 잡고 있다. 나한테 오게 된 석등은 청관재(靑冠齋) 컬렉션 중 하나로 유홍준 전 문화재청장을 통해 어렵사리 구한 후 한국고미술협회 강민우 부회장의 감정을 받아 소장하게 되었다. 청관재 컬렉션은 '민중미술 지킴이'로 알려진 조재진과 그의 부인 박경임이 30년 넘게 수집한 미술품으로, 청계산과 관악산 사이의 집이라는 과천 집 당호, 청관재에서 이름을 따왔다고 한다.

미술계에서는 꽤 알려진 수집, 소장가인 조재진은 원래 공업용 포장재를 생산하는 업체 대표였는데, 미술사가인 유홍준 전 문화재청장과 교우하면서 탁월한 안목으로 작품을 수집해 일가견을 쌓은 큰손 컬렉터다. 말년에는 추사동호회 회장을 맡아 기증 운동을 벌이기도 했는데, 미술품에 대한 남다른 애정과 안목으로 문화의 지평을 넓혔다는 평을 받는다.

강원도 양구에 있는 '박수근 미술관' 개관 기념전(2003년) 당시, 명예관장이던 유홍준 선생의 권유로 조재진이 소장한 박수근 작품 「빈 수레」를 전시하게 되었다. 전시

후 작품을 돌려받게 되면 명색이 박수근 미술관인데, 그곳에 유화가 한 점도 없게 된다는 사실이 안타까웠던 조재진은 작품 기증을 결심한다. 오랫동안 공들여 수집한 작품이라 기증을 결심하기까지 망설였으나 평소 소신대로 빈손으로 왔다 빈손으로 가는 인생이라는 말을 떠올리며, 자식을 결혼시키는 심정으로 기증을 결심했다고 한다.

사람들은 미(美)를 추구한다. 화려한 외적인 모습에서 아름다움을 찾으려 하지만, 의외로 순박함이나 질박함이 주는 매력, 꾸미지 않은 단순함과 소박함이 주는 아름다움에 쉽게 빠져들게 된다.

석등에 문외한이었으나 다행히 내 무딘 감성에도 순박한 아름다움을 발견할 수 있는 안목이 있었던 모양이다. 청관재에서 석등을 보는 순간 새로움에 너무나 반가웠다. 아주 짧은 순간, 섬광처럼 감히 범접하기 어려운 아우라가 느껴졌다. 고상한 분위기와 독특한 품격에 매료되었다. 특히 아무런 조식(彫飾) 없는 순박하고 꾸밈없는 모습에 강하게 끌렸는데, 후에 작품성이 바로 그런 단순함과 질박함에 있다는 전문가의 이야기에 내심 '역시나' 싶은 쾌재를 불렀다.

조선 시대, 선비들을 배출하던 서원(書院)에 있던 것으로 추정되는데 문양이나 장식도 없이 화려함과는 거리가 멀지만, 그 자체로 은은한 아름다움을 발산한다. 굳이 거창한 수식어를 사용하지 않더라도 단순한 형태에서 비움의 아름다움이 그대로 우러난다.

전체적으로 순박함을 드러내고 군더더기 없는 구성이 경쾌하다. 마치 접속사를 많이 사용하지 않은 간결한 글처럼, 과장되거나 꾸밈없이 담박하고 토속적인 정서가 짙게 깔려있다.

음식으로 비유하자면 청국장 본래의 맛만 남고, 맛을 내기 위한 어떤 조미도 배제한 채, 깔끔하고 담백한 본연의 맛에 견줄 수 있다. 요점만 강조한 순수함과 순박함의 단순성을 볼 수 있다.

석등의 운치는 세월을 품고 은은하고 고르게 흐르는 돌빛에서도 그대로 드러난다. 정원 한 편의 물확과 나란히 어울려 운치를 자아내는 석등은 묵직하니 한가롭게 서 있는 분위기가 안정감을 준다.

멀리 집 떠난 새들이 해가 지면 새 둥지 같은 등불을 켜 밤길을 밝혀주던 따뜻한 어머니 같은 아싸 석등, 저녁이면 고즈넉한 분위기에 마음이 편안해져 저절로 숨을 고르게 만들고, 아직 꺼지지 않은 석등 앞에서 '나무아미타불' 깨달음으로 가는 염불을 되뇌게 된다.

가쁘게 몰아쉬는 박명의 숨소리는 돌아갈 곳 서두르는 마지막 재촉이라 세속에 지친 냉랭한 얼굴로 팍팍하니 마음이 답답하고 번뇌가 쌓일 때면 만사 제쳐놓고 울타리인 이곳을 찾아 영험하고 신령스러운 기운이 강한 석등 앞에서 세속을 벗고 나로 돌아간다.

꿈이 현실이고, 현실이 꿈이다. 무릇 하루의 현실이 천년의 꿈이고, 하루의 꿈이 천년의 현실이다. 천년의 시간을 횡단해 오늘 하루 여기서 꿈처럼 현실처럼 서있다.

넓은 뜨락에 석등을 비롯해 물확, 돌절구, 연자방아들이 활짝 펼쳐져 이어왔으니, 생각해 보면 돌과는 인연이 깊은 사람이다. 행복한 인연이다.

지나간 날을 돌이켜 볼 수 있는 작품은, 인생의 유한성을 관조하고 겸허한 마음을 품게 한다.

웃는 달, 토르소 여인상 등 모던한 작품들이 과거와 현재를 잇는 일시적인 유행이나 기이한 형상을 그리기보다는, 어떤 항성(恒性)이나 보편적인 생명성과 의미가 있는 것을 그리고자 한 것이 평소 아싸의 소박한 소망이라고 밝히면서 아싸의 컬렉션 현장을 마무리한다.

음악으로 힐링하는 삶

한가로운 오후, 높은 햇살과 함께 영롱한 빛의 여운이 함악정(含樂亭) 깊숙이 파고든다. 시간의 흐름은 더할 수 없이 단조롭고, 그 아래에 놓인 나의 일상은 홀로 있는 쓸쓸함 속의 편안함이 녹아있다. 아싸의 영혼이 'Belongs To Outsider'에 용해되어 지순하게 하늘의 뜻을 거스르지 않는 삶으로, 인생의 아름다움을 음유하며 시간을 보낸다.

시각을 조금만 달리해 보면 세상이 얼마나 아름답고 유순(柔順)한 세월을 품고 있는지, 굳이 애쓰지 않아도 저절로 알게 되고 그 찬연함을 온몸으로 느낄 수 있다.

문득 낯익은 팝송 하나가 멈추어 선 듯 단조로운 나의 일상에 작은 파동을 일으킨다. 익숙한 멜로디는 삭막함에 굴복해 주저앉은 나의 감성을 신선한 기운으로 깨운다. 참으로 단순하다. 잔잔한 멜로디 하나에 시간은 완전히 멎고, 바람, 나무, 공기, 하늘, 모든 것이 눈 깜짝할 사이

완벽한 질서를 만들어 내며, 머릿속을 어지럽히던 잡념을 흩어놓는다. 주위의 번잡함을 한 번에 물리칠 정도로, 음악에는 강하고도 묘한 힘이 있다. 그 힘이 지닌 필연적인 속성에 이끌린 채, 우리는 그저 순응하며 살아가면 그만이다.

내 귓가를 파고든 노래, 「If」는 팝을 즐겨듣는 사람이 아닐지라도 많이 들어봤을 법한 곡이다. 진한 감성이 담긴 록밴드 브레드(Bread) 곡인데 「If」를 들을 때면 시원한 풍광이 먼저 떠오르며, 특별한 기억 속으로 빠져든다. 동시에 설렘 가득하고 달콤했던 순간이 한 장의 사진처럼 떠오른다.

도심을 벗어난 인적 없고 한가로운 산골의 작은 도로와 따가운 오후의 햇살을 가려주는 이름 모를 높고 낮은 나무들의 질서 정연함을 기억한다. 깊이 침잠했다가 순간순간 그리움으로 차오르는 기억. 외로움을 견디고 버거운 현실에서 한발 빗겨 설 수 있게 해준, 빠져나오고 싶지 않은 긍정의 늪이다.

어떤 말이나 추상적인 묘사로 그때를 다시 그릴 수 있을까? 지난 것들은 모두 사라지고 마는 절멸의 속성을 가졌지만 가장 빛나고, 가장 높았으며 가장 처연했던, 그때의 멈춰버린 시간을 조심스레 떠올려본다. 그때의 온기와 사랑은 이미 저 멀리 달아나버렸을지라도….

어렴풋이 윤곽으로만 남아있던 시간이 조금씩 더 분명해진다. 그날의 분위기, 잔잔한 미소, 달콤한 공기까지.

그 미세한 기억을 다시 찾게 해준 음악이 새삼 감사하다. 따뜻하고 감미로운 음악은 빛나던 시절을 회상할 수 있도록 기억의 재생을 돕는다. 음악이 가져다준 기억 회복력에 다시 한번 놀라게 된다.

'If', 만약을 떠올린다. 우연히 오래된 멜로디를 다시 접하지 않았다면 가슴 한켠 묻어둔 빛나던 시절의 나를 떠올릴 수 있었을까? 과거의 아싸가 청아한 시절 속에서, 만개한 꽃을 피우고 있었음을 자각할 수 있었을까?

음악은 이렇듯 지나간 시간을 떠올리게 한다. 싱그러웠던 존재와 마주 앉아 추억을 나눌 수 있었던 짧은 순간, 아름다웠던 시절로 돌아간다. 그러고 보면 음악은 늘 내 삶을 풍성하게 한 풋풋하고도 맛있는 재료였다. 그 맛깔스러운 음악에 오늘 다시 취하고 싶다.

음악이 주는 긍정적인 효과는 이미 많이 알려져 있다. 우리가 아름다운 자연에 감동하거나 책에서 영혼을 울리는 글을 마주하게 될 때, 또 일상의 소소하지만 진한 감동의 순간, 엔도르핀보다 4천 배나 강한 다이노르핀(Didorphin)이 생성된다고 한다. 물론 마음을 뒤흔드는 음악을 접할 때도 그와 같은 다이노르핀이 뿜어져 나온다고 한다.

양평에서는 대부분의 시간을 음악을 들으며 소일한다. 지루하고 우울한 일상 속 나만의 기분전환 방법으로 음악만큼 좋은 게 없다. 기분이 가라앉거나 멜랑콜리에 빠질 때, 혹은 차분하게 나를 돌아봐야 할 필요를 느낄 때, 그도 저도 아니면 집중이 필요할 때에도 어김없이 음악을 찾는다. 심지어 내 영혼의 뜨락을 가꾸고 다듬는 노동의 시간에도 음악은 내 곁을 지킨다.

음악가나 장르는 크게 중요치 않다. 가볍고 편하게 들을 수 있는 팝이나 가요, 재즈, 영화 OST는 물론이고, 클래식에 이르기까지 모든 소리는 내 감성의 자양분이 된다. 시간이 지날수록 음악이 주는 위안과 치유의 힘에 더 많이 의지하게 된다.

요즘은 레트로 감성에 빠져 산다. 다행히 내가 즐겨듣던 음악은 대부분 쉽게 접할 수 있어서 오래전 추억을 떠올리기에 좋다. 그러다 문득 그날의 분위기에 따라, 마음을 울리는 음악이 있으면 잠시 그대로 일손을 멈추고 추억에 빠져든다.

오늘 내 감성의 스위치를 누른 곡은 소프트 록 밴드의 곡인 「If」인 셈이다. 학창 시절, 공부를 핑계로 끼고 살던 라디오 심야방송 프로그램의 단골 곡들은 세월이 많이 흐른 지금에도 여전히 내 플레이리스트를 차지하고 있다.

70년대 소프트 록으로 성공을 거둔 그룹 가운데 하나인 브레드는 리드 보컬의 데이비드 게이츠(David Gates)가 작곡한 「Make It With You」가 차트 정상을 차지하며 본격적인 인기를 얻게 되었는데, 대표곡 격인 「If」는 71년에 발표한 세 번째 앨범에 실려있다. 반세기 전, 단순한 멜로디에 기타 반주 하나로 이뤄진 곡인데. 매력적인 인트로와 섬세하고 부드러운 보컬이 인상적이다.

감미로운 「If」를 들을 때면 종종 생각해 본다. '그때 만약 ~했더라면 어땠을까?' 많은 가능성이 담긴 듯해 접속사 if를 좋아하는데, '만약' 과거를 다녀올 수 있다면 나는 어느 시대를 선택하게 될까? 그 답은 이미 정해져 있는 듯하다. 아싸의 본성(DNA)을 따라 조선왕조 양반가의 한량으로 돌아가려 하지는 않았을까.

오래전 즐겨듣던 노래를 다시 골라 들으며 과거나 미래로 떠나는 감성 여행은 홀로 있는 시간을 마음껏 누리는 데 더없이 좋다. 어떤 음악은 낯선 여행지에서의 강렬한 기억을 불러오기도 하고, 행복했던 시간과 장소로 나를 순간 이동시키기도 한다. 음악을 듣는 것만으로도 가라앉은 기분을 털어낼 수 있고 불편한 심사와 조급한 성정을 느긋하게 내려놓을 수 있게 한다.

시간은 그리움을 품고 느리게 흐르지만, 음악이 있어 그 시간이 외롭지 않고 넉넉할 수 있다. 산다는 것이 외로움을 견디는 것이라지만, '공곡유란(空谷幽蘭)'이라 인적이 드문 골짜기에서 홀로 핀 유란의 그윽한 향기를 맡으며 깊이 탄식한 공자의 이야기를 음미하며 비록 남들이 알아주지 않아도 개의치 않고 시름을 달래며 자족할 줄 아는 군자처럼 아싸야말로 '공곡에서 홀로 핀 난초'처럼 독야청청(獨也靑靑), 스스로 아름다운 색깔로 물들이는 즐거움(樂)

으로 음악과 함께 살아가련다.

이른 아침, 이름 모를 새들이 내 뜨락을 찾아 각자의 소
리로 아침을 깨우듯, 다양한 음악이 내 삶을 다채롭고 풍
요롭게 한다. 음악이 있어 양평, 소요유의 삶은 비로소 완
벽해진다.

아싸지몽을 마치며

　가슴 속 깊이 저장해 두었던 얽히고설켜 굳어진 생각의 덩어리를 쪼아내 퍼즐 조각들을 맞추듯 서사화하는 일련의 과정이 만만치 않다. 정리가 안 될 지경이라 이를 어떻게 해야 할까?

　부끄럽게도 어설픈 감상주의에 빠져 부실한 치부를 드러내 뚜렷한 방향도 없이 인생 편력을 형상화하려는 의욕이 많이 앞섰다. 짜임새를 엮기에 급급하다 보니 왠지 허구한 내 그림자 속에서 방황하는 지경에, 일관성 있고 응축된 문장으로 내러티브(narrative)를 끌어내질 못하고 푸념 속에 미숙성을 드러낸 난해한 글이 되어버렸다. 그나마 위안을 삼자면 감정을 절제하려 노력하고 섬세한 언어 감각을 살리려고 애썼다는 정도이다.

　한번 몰두하면 쉽게 빠져나오지 못하는 나는 한량의 최면이 걸릴 때마다 고전적인 사고에 사로잡혀 현실에 대해 반항적 행동이나 행태는 강렬하게 뇌리에 남게 되고, 그

잔상이 오래 가니 소름 돋을 정도로 나 자신이 무서워지기도 한다.

사실 나는 겁이 많아 과감하게 배짱 있는 행동을 하지 못하고 엉뚱하면서도 문제아적인 면모를 드러낸다. 하지만, 서정과 서사의 묶음이랄까, 미학적인 감수성과 잔향이 공존하는 나의 인생의 뜰(감성마당)을 보여주는 것으로 위안 삼고 만족할 수밖에….

쓸쓸한 초로의 내가 마음을 열고 표현하는 생각과 느낌을 전하는 시간, 어느 정도의 공감을 끌어낼 수 있다면 좋으련만 미상불 걱정이 앞선다.

유난스럽게 주책을 떨지 않았나 싶고, 괜히 시작했나 남사스럽고 조심스럽기만 하다. 이해를 구하자면 글 내용이 모순되거나 평소와 달리 과장하고 허장성세(虛張聲勢), 공감이 어렵고 동의할 수 없는 이야기가 있거나 자화자찬 일색으로 허풍을 떨어 지루하고 재미없더라도 잠시나마 눈 질끈 감고 관심을 할애해 연민의 정으로 함께 느끼고 너그럽게 감싸주길 바라본다.

아무튼 "우리 인생은 땡이 아니라 딩동댕이어야 한다."라고 강조한 송해의 말을 깊이 새기면서 내심, 이 글을 읽고 기분이 상하는 사람은 없을까? 조심하면서 이만 장황하게 늘어트린 졸고(拙稿)를 마친다.

책을 덮기 전 아쉬운 마음에

나이 칠십에 영혼의 운동화 끈을 질끈 동여매고 내 삶의 축제로 기회 삼고 내 인생을 다시 시작한다.

재미있고 행복하게 살아야 한다. 인생은 삶의 마디마다 휴식이 필요하다. 일과 삶이 균형을 이뤄야 행복하다. 삶이 즐겁지 않으면 지금 무엇이 내 인생의 발목을 잡는지 생각해 본다. 그저 먹고살기 위한 수단이나 가치보다 행복의 궁극적 가치는 무엇일까?

지금에 와 보니 인생이 절어있었다. 삶을 슴슴하게 바꿔야겠다.

지금까지 빡빡하게 꽉 낀 청바지처럼 여유 없는 삶을 살았다면 이제는 자꾸 흘러내려 자주 손으로 올려야 하는 몸뻬바지를 입은 것처럼 영혼의 사이즈를 넉넉하게 키우고 헐렁하게 살아야겠다.

기분 좋은 시간은 길수록 행복하다. 지금 행복해야 한다. 사는 게 재미없다면 내가 좋아하는 것을 구체적으로 생각해 본다. 살면서 자꾸 짜증을 낸다. 그렇다면 뭔가 잘못된 것이다. 표정이 스산하니 삶이 즐겁지 않다는 증거이다.

세상이 안 뒤집힌다고 염불이나 폭탄주를 마셔봤자 속만 뒤집힌다.

내 정체성을 사회적 지위나 신분으로 확인하지 말아야 한다. 이미 은퇴와 함께 명함은 날아갔다. 그따위는 이제 진저리나게 거추장스럽고 중요하지 않다.

물론 돈이 많아서 돈 세고 쌓이는 재미도 쏠쏠하지만, 그마저도 없는데…. 걱정하지 마라. 돈 많다고 행복지수가 높은 것은 아니다. 돈 냄새(향수)에 찌들어 돈에 깔려가는 인생이 행복한가? 얼뜨기라도 최고의 행복은 있다. 기이한 행동 탓에 얼뜨기로 조롱받기도 하지만 칠십이라고 늦지 않았다. 이제야말로 그 누구의 간섭도 받지 말고 나 하고 싶은 대로 사는 것이다. 오로지 내가 좋아하는 것으로 나를 바꾸고 확인해야 한다.

나중에 죽어가면서 좀 더 재미있게 살 걸 후회 말고 지금 당장 내 삶이 즐거워야 한다.

카르페디엠!

우리 삶이 여유가 없다면 갈 곳도 없고 자기만의 공간이 없기 때문은 아닐까? 그런 공간이 필요하다. 이쯤에서 성찰의 지혜가 있어야 한다. 이제 포커페이스라는 가면은 벗어 던져버리고 민낯을 보여야 한다. 이런 관점에서 성찰하면 적어도 숨김이 없게 된다. 숨김이 없으면 떳떳하여 자유롭고, 숨기려 꼼수를 쓰면 쓸수록 인생이 피곤하고 행복이 반감된다.

바야흐로 칠십, 노년의 전성시대에 이르렀다. 노익장을 과시할 또 다른 인생의 기회이다.

온갖 세상사가 다 걱정거리다. 이제는 그마저도 내려놓고 '樂'을 길벗 삼고 걱정도 팔자라지만 좋은 것만 생각하고 가자.

인언수재(人焉廋哉)라 다 드러내놓아도 항상 떳떳이 살자!

속세를 초탈하고자 한 『장자』의 「제물론편(齊物論篇)」에
나오는 이야기로 인생의 덧없음을 이르는 나비의 꿈, 즉
사물과 내가 한몸이 되는 경지를 가리키는 고사(故事). 장
자는 나비에 관한 꿈으로 '호접지몽(胡蝶之夢)'을 기막히게
경험을 하게 된다.